Paul Katsitis

AF186693

Mykonos Crime 17
DER BOTSCHAFTER

Paul Katsitis

Mykonos Crime 17

Der Botschafter

Bisher erschienen in dieser Reihe (Deutsch/Griechisch)

Mykonos Crime 1 Die Bestie von Mykonos
Mykonos Crime 2 Rache
Mykonos Crime 3 Tattoo
Mykonos Crime 4 Der Drei-Sterne-Mord vergr.
Mykonos Crime 5 Inzest
Mykonos Crime 6 Skalpell
Mykonos Crime 7 Hass
Mykonos Crime 8 Sturm über Mykonos
Mykonos Crime 9 Die Maske
Mykonos Crime 10 Abseits
Mykonos Crime 11 Glut
Mykonos Crime 12 Putsch
Mykonos Crime 13 Royals
Mykonos Crime 14 Trauma
Mykonos Crime 15 Khaled
Mykonos Crime 16 Spione
Mykonos Crime 17 Botschafter
Mykonos Crime 18 Libido (Mai/Juni 2020)

Andere Mykonos-Bücher siehe Buchende

Impressum

Titelbild: istockphoto, Innenteil Shutterstock
Copyright Paul Katsitis 2020: **Der Inhalt als auch Buch- und Reihentitel sowie der Autorenname sind urheberrechtlich geschützt oder unterliegen dem Titelschutz. Jedwede Verwendung ist strafbar.**

Herstellung und Verlag:
BoD- Books on Demand, Norderstedt
ISBN: 9783-7-5048-793-2

Jeder Band behandelt einen abgeschlossenen Fall, sodass die Bände nicht in der Reihenfolge gelesen werden müssen.

Alle Bücher der Serie wurden in Griechenland gesetzt. Da griechische Setzer keine deutschen Fehler erkennen können, finden sich in dem Buch sicher mehr Fehler als in einem normalen Buch. Aber so bleiben wenigstens ein paar Euro in Griechenland.

Passagen, die mit * markiert sind, werden im Anhang näher erklärt.

Angelos Nikakis, 30, war Hauptkommissar in Thessaloniki. Während eines Urlaubs auf Mykonos traf er Alex Galis, Kommissar auf Mykonos. Die beiden heirateten.
Ein Jahr später wurde Angelos Nikakis zum Bürgermeister gewählt. Der erste schwule Bürgermeister Griechenlands.
Alles lief perfekt – bis …

Khaled Al-Massawi, 25, zu einem Kurzurlaub auf Mykonos eintraf. Khaled war Kronprinz eines kleinen Emirats und verliebte sich unsterblich in Angelos, der plötzlich nicht mehr wusste, zu wem er gehört. Letztlich trennen sich Alex und Angelos – und Khaled und Angelos werden ein Paar.
Angelos Ex-Mann starb kurz darauf bei einem Einsatz.

1

„Es gibt einfach kein gutes Personal mehr heutzutage!"

Spiros Livinos fluchte laut. Der Sommelier, immerhin der Chef-Sommelier von Griechenlands renommiertestem Hotel, dem Grande Bretagne in Athen, schwieg. Er wusste – wie zehn Millionen Griechen, dass er keinen Fuß mehr auf den Boden bekommen würde, wenn er Spiros Livinos verärgerte. Er und seine Kumpane waren die wahren Herrscher über Hellas.

„Es ist doch wohl nicht Ihr Ernst, einen Chateau Mouton Rothschild 2015 zu kredenzen. Der kostet nicht mal 3000 Euro. Ich soll den Vorständen der größten Firmen des Landes einen Wein aus dem Supermarkt vorsetzen?", brüllte Livinos.

Die beiden Herren saßen im Konferenzraum von Livinos´ Yacht, die die Abmessungen eines veritablen Frachters hatte. Das aber war schon die einzige Gemeinsamkeit. Die Yacht vereinte in sich allen Luxus der Welt. Von den goldenen Wasserhähnen bis zum teuersten Geschirr der Welt.

„Wie wäre es mit einem Domaine de la Romanée 2004?", schlug der Sommelier vor. Oder sind 7300 Euro pro Flasche immer noch zu billig, dachte er.

„Meinetwegen. Aber sorgen Sie dafür, dass genügend da ist. Es darf keinerlei peinlichen Zwischenfall geben, wenn ich der Gastgeber bin", blaffte Livinos.

Du arroganter Bastard, dachte der Sommelier. Er konnte, wie die meisten Griechen, keine Reeder leiden. Während der kleine Mann brav seine Steuern zahlt, lachen sich die Herren Schiffseigner ins Fäustchen und zahlen: nichts. So jedenfalls steht es in der Verfassung, Und die hatten sich die Reeder schreiben lassen – von den Generälen der Militärdiktatur 1967. Im Gegenzug genossen die Herren Offiziere einen Lebensstil, der in keinem Verhältnis zu ihrem Sold stand. Das System funktionierte so gut, dass – wie erstaunlich – die neue Demokratie 1974 dieses System einfach übernahm.

Noch heute verbreiten die Reeder die Mär, das Schiffswesen sei der wichtigste Wirtschaftszweig des Landes und man könnte die Arbeitsplätze nicht halten, falls die Regierung … Sie kennen das Ende dieses Satzes.

3669 Schiffe nennen die griechischen Reeder ihr Eigen und den meisten Eigentümern gehörte nicht etwa nur eine Villa, sondern meist ganze Inseln. So auch Spiros Livinos.

Kriegsgewinnler, dachte der Sommelier. Und lag damit richtig. Nach dem Krieg verscherbelten die Amerikaner ihren riesigen Bestand an Liberty-Schiffen, den Massentransportern, die die Grundlage für den späteren Sieg der Alliierten waren.

600.000 Euro musste Livinos pro Schiff bezahlen, ein Schnäppchen, das zu allem Überfluss auch noch vom Staat vorfinanziert wurde.

Also von mir, dachte der Sommelier.

Spiros Livinos war nervös. Zum ersten Mal seit zwölf Jahren war er der Gastgeber des Patrida-Kreises. Die zwölf wichtigsten Wirtschaftsführer des Landes. Politiker gehörten natürlich nicht dazu, denn die waren lediglich Befehlsempfänger und hatten somit keinen Zugang zu dem erlesenen Kreis.

Livinos ging an Deck, hatte aber keinen Blick für den Luxus dort.

Vielmehr ließ er seinen Blick über die Bucht schweifen.

Rhenia.

Die unbewohnte Insel mit dem wohl schönsten Strand der Ägäis. Vollkommen unberührt.

Livinos machte sich Sorgen.

Denn Rhenia gehörte zu Mykonos.

Und gerade hier gab es ein drängendes Problem, vor dessen Lösung ihm graute. Nicht, dass er Skrupel gehabt hätte. aber das Risiko war hoch.

Hoffentlich begreifen die anderen das, dachte er.

Mit filigranem Vorgehen war hier nichts mehr zu regeln, denn mit Verrätern redet man nicht.

Man eliminiert sie.

2

Pavlos. Noch einmal: es darf kein Handy an Bord. Falls einer der Trottel doch eines dabeihat, muss es in den Käfig!" Worin es nicht zu orten oder abzuhören war.

„Handkontrolle auf Waffen, Chef? Und Wanzen?", fragte Pavlos.

Livinos musste innerlich grinsen. Er stellte sich vor, wie Männer wie Alafouzis wohl auf eine Leibesvisitation reagieren würden.

„Um Gottes willen! Die Schleuse ist im Türrahmen eingebaut. Wanzen oder sonstige Mikrofone kommen nicht durch!"

Es würde auch keiner versuchen. Jeder der Mitglieder hatte soviel Dreck am Stecken, dass niemand ein Interesse daran hatte, dass irgendjemand zuhörte. Selbst als Kronzeuge bekäme jeder zwanzig Jahre und – viel schlimmer: er würde sein Geld, seine Insel und seinen Platz im Jetset verlieren – DAS wären die ultimativen Strafen.

Livinos sah in Richtung Rhenia. Es fehlt nur noch einer. Die Parade der luxuriösesten Yachten der Welt war beeindruckend. Und man war abgeschirmt. Rhenia war unbewohnt und Yachten, die zufällig die Insel ansteuerten, würden von zwei Marinebooten diskret gestoppt werden. Drei kleinere Drohnen sorgten für ein frühzeitiges Erkennen unerwünschter Besucher.

Livinos hörte einen aufheulenden Motor. Natürlich, dachte er, Herr Kardioyannis braucht immer Getöse. Die beiden hassten sich. Jeder unterstellte dem anderen, neureich und kriminell zu sein. In Wahrheit waren sie es beide.

Zu Spüren war es bei der Begrüßung nicht. Kardioyannis strahlte.

Wahrscheinlich freut er sich noch immer darüber, in diesen erlauchten Kreis aufgenommen worden zu sein. Livinos hatte gegen die Aufnahme gestimmt, war aber unterlegen.

„Hübsches Boot", sagte Kardioyannis und Livinos spürte, wie sein Blutdruck stieg.

Ein Prolet. Ein Kriegsgewinnler.

Kardioyannis hatte sein Vermögen durch offensichtlichen Betrug erworben. Unter den Augen der Justiz, deren Blick durch Bündel von Geld eingeschränkt war. Seine Handelsschiffe und Tanker fuhren auch dann noch das isolierte Rhodesien an, als alle anderen aus Angst vor Sanktionen den Lieferverkehr schon eingestellt hatten. Später erfuhr Livinos, dass Kardioyannis das Ganze mit Zustimmung der Amerikaner tun konnte. Noch immer wurmte Livinos, dass nicht er selbst auf die Idee gekommen war, in Washington etwas genauer nachzufragen. Außerdem war Kardioyannis eine Art Paria unter den Reedern, denn ursprünglich betrieb er Tankstellen und so trug er noch immer den Spitznamen „Tankwart".

Es herrschte reges Treiben in der sonst menschenleeren Südbucht von Rhenia. Die restlichen zehn Gäste trafen ein.

Es war das ‚Who is who' der griechischen Wirtschaft. Natürlich überwiegend Reeder, aber auch andere. Es gehört zu den Besonderheiten der hellenischen Ökonomie, dass die Unternehmen mit dem höchsten Börsenwert ein Telekomunternehmen und ein Wettanbieter war. Livinos lächelte. Wetten funktionieren immer in Griechenland. Sportwetten gehören schließlich zur DNA jedes Griechen.

Als sie alle am Tisch versammelt waren, lehnte sich Kardioyannis zu Livinos hinüber und sagte leise: „Beim Wein hast du offensichtlich gespart!"

3

„Es gibt einfach kein anständiges Personal mehr heutzutage", sagte Khaled al-Mussawi, in Kürze Ehemann von Bürgermeister und Kommissar Angelos Nikakis.

Er stand auf der Terrasse der Riesenvilla, die er gekauft hatte. Was für Khaled kein größeres Problem war, denn er war Kronprinz des Emirats Fudscheirah. Die Betonung liegt auf „war", denn ein schwuler Kronprinz oder gar Emir war schlechterdings nicht möglich. Doch er hatte sich auf Mykonos in Angelos Nikakis verliebt und mit Freuden auf den Thron verzichtet. Er war glücklich, den Mann seiner Träume dazu gebracht zu haben, ihn zu lieben. Khaled war geduldig – denn Angelos war anderweitig vergeben. Khaled wartete und wartete – bis Angelos erkannte, dass auch er Khaled liebte.

Und so stand er da und erklärte:
„Das geht doch so nicht. Maria hat wieder vergessen, die Schnürsenkel zu bügeln!"
Angelos Nikakis lag auf der Sonnenliege und schaute Khaled fragend an. Meint er es ernst?, fragte er sich. Ja, er meint es ernst.
Angelos begann laut zu lachen.
„Da gibt es nichts zu lachen, ungebügelte Schnürsenkel sind gefährlich", regte sich Khaled auf.

„Also ich hatte noch keinen Todesfall. Natürlich weiß ich nicht, ob es in den Emiraten häufiger zum Schnürsenkeltod kommt!" Noch immer musste Angelos lachen.

Khaled al-Mussawi hatte fast sein ganzes privilegiertes Leben aufgegeben. Kein Thron, kein Palast mehr.
Als Trostpflaster für seinen Thronverzicht hatte der neue Emir, sein Bruder Raschid, ihm etwas Taschengeld mitgegeben – 45 Millionen, eine Yacht und einen Jet.
„Ah, der Herr Bürgermeister macht sich über mich lustig. Nun, wie ich sehe, gefällt es dir am Pool. Erstaunlich, bedenkt man, dass du vehement gegen ein Haus mit Pool warst", knurrte Khaled.
Was stimmte. Angelos wollte ein „normales Haus" ohne Pool. Heraus kam eine Riesenvilla, drei Stockwerke ohne jede Zwischenwand – also besonders hip. Nicht, dass Angelos den Verlockungen des Luxus erlegen war, er könnte problemlos auf Haus, Yacht und Jet verzichten. Aber er erkannte, dass er von Khaled nicht verlangen konnte, sein ganzes bisheriges Leben aufzugeben. Der Verlust von Thron und Familie war schon ein hoher Preis.
„Wie wäre es, wenn du die Schuhe einfach ausziehst, natürlich unter größter Vorsicht, und dich zu mir legst. Wozu haben wir denn die Doppelliegen?", fragte Angelos grinsend.
Er öffnete Khaleds Reißverschluss und begann mit leichten Streichelbewegungen.

„Wenn die Wähler wüssten, dass ihr Bürgermeister der größte Bock Griechenlands ist", sagte Khaled lächelnd und zog sich aus.

„Das liegt daran, dass ich jung bin. Da ist es doch ganz normal, ein bisschen Sex zu haben", antwortete Angelos.

„Ein bisschen Sex? Drei Mal pro Tag? Ein Wunder, dass du zwischendurch überhaupt noch klar denken kannst!"

„Soll das eine offizielle Beschwerde sein?", fragte Angelos. „Es gab Zeiten, da hättest du eine Million für eine Nacht mit mir bezahlt!"

Was stimmte.

Angelos zog eine Schnute.

„Um Gottes Willen. Nein. Ich finde es nur außergewöhnlich angesichts deines hohen Alters!"

Angelos war 30, Khaled 25.

„Dann wird dir der Opa jetzt mal zeigen, was eine Harke ist!"

Vierzig Minuten später fühlte sich Ex-Kronprinz Khaled al-Mussawi, als wären mehrere Panzer über ihn hinweggerollt. Er war erschöpft und überglücklich.

„Hoffentlich lässt das nach der Hochzeit nicht nach", sagte er vorsichtig.

Angelos lächelte.

„Keine Sorge. Dafür bin ich viel zu …"

„ …dauerrollig?", ergänzte Khaled.

Angelos lachte und räkelte sich auf der Liege, die bedrohlich knarzte.

„Solltest du dich nicht langsam anziehen?", fragte Khaled.
„Wozu? Wofür?"
Khaled verdrehte die Augen.
„Die Einweihung der Kläranlage. Du musst eine Rede halten!"
„Oh verfluchte Sch …", sagte Angelos und rannte nach drinnen.

Meine Herren! Ich will nicht viel Zeit verschwenden mit Begrüßungsfloskeln. Daher nur ein kurzes ‚Willkommen' auf meiner ‚Sophia'!"
Warum die Yacht „Sophia" hieß, wusste jeder der Teilnehmer. Livinos´ neue Partnerin war 24 Jahre alt und hieß eben „Sophia".
„Für seine Verhältnisse relativ alt", ätzte einer der Teilnehmer.
„Und die Yacht heißt bald anders", setzte einer der Reeder obendrauf.
Man lästerte gnadenlos, man hinterging sich und manche hassten sich. Aber der „Patria-Kreis" zwang alle zumindest zu temporärer Zusammenarbeit. In ihren Augen war es eine

ehrenwerte Gesellschaft, nicht zu vergleichen mit der Mafia. Denn die Summen, um die es früher bei Capone & Co ging, waren dagegen Peanuts.

„Leider geht es bei unserem diesjährigen Treffen nicht um langfristige Strategien oder Politik. Wir haben drängende Probleme, die einer sofortigen Reaktion bedürfen. Gelingt dieses Unternehmen nicht, besteht die Gefahr, dass unsere edle Versammlung zum Wohle unseres geliebten Vaterlandes enttarnt wird. Und jeder ahnt, dass dies für die Linke ein gefundenes Fressen wäre. Lügen und Verleumdungen wären die Folge. Eventuell bei Wahlen eine neue linke Regierung. Und dies, nachdem wir alles getan haben, um diese Vaterlandsverräter aus dem Amt zu jagen!"

Mit Schrecken erinnerten sich die Teilnehmer an die linke Syriza-Regierung, die zum Entsetzen der Unternehmer fast vier Jahre regiert hatte. Das Etikett „Vaterlandsverräter" hatten die Medien der Regierung verpasst, anlässlich des Nachgebens von Athen im Namensstreit um Mazedonien. Die Medien, die sich ausschließlich im Besitz von Patrida-Mitgliedern befanden. Und es war tatsächlich die Mazedonien-Frage, die die Wahlen entschieden hatte – nicht die Wirtschaftslage.

„Meine Herren, unser Kreis versucht seit fast 80 Jahren, genau seit 1940, unser Vaterland durch stürmisches Gewässer zu steuern!"

Gut, meist ging es nicht um das Vaterland, sondern um den eigenen Geldbeutel, aber man sollte in Gefahrensituationen nicht zu selbstkritisch sein.

„Vielleicht wissen nicht alle um die Umstände der Gründung unseres Kreises. Im Jahre 1940 …"

Sogleich wurde Livinos unterbrochen.

„Wissen wir doch. Komm zur Sache, Spiros", sagte einer.

„Nun, ich bin sicher, unser geschätztes Mitglied Kardioyannis weiß es nicht!"

Kardioyannis knurrte, was bedeutete, dass Livinos recht hatte.

„Aber bitte, dann komme ich gleich zur aktuellen Lage!"

Und die Gesichter wurden länger. Manche zeigten regelrecht Angst.

Fünfzehn Minuten später wusste jeder Bescheid.

„Ich denke, wir sind uns einig, dass wir umgehend handeln müssen, sonst gehen wir alle unter", sagte Livinos.

„Gibt es keine andere Möglichkeit? Mit Teil 1 besteht glaube ich Einverständnis, aber Punkt 2 birgt hohe Risiken. Wir legen uns mit einem Gegner an, der uns sehr gefährlich werden kann", sagte Menos, ältestes Mitglied von „Patrida".

„Ich sehe keine Alternative", antwortete Livinos.

„Es darf keinerlei Verbindung zu uns geben", gab Menos zu bedenken.

„Natürlich nicht. Und wer sollte uns denn gefährlich werden? Ein schwuler Kommissar? Und vor ein paar Juden haben wir uns noch nie gefürchtet", sagte Livinos.

Fast alle nickten oder lachten.

Ihr Vollidioten, dachte Menos. Erstens ist der Kommissar auf Mykonos eine harte Nuss. Und die „paar Juden" war der effizienteste Geheimdienst der Welt.

Gott steh uns bei, dachte Menos.

5

Kostas Karapatis saß in einem großen Ledersessel im Keller seines Anwesens auf einem Hügel bei Agios Ioannis. Nun, das Wort Keller beschreibt nur die Lage oberhalb des Fundaments. Das aber war die einzige Gemeinsamkeit mit einem Keller. Zwölf Meter unter der Erde ähnelte er frappierend einem Ausstellungsraum im Louvre. Erst viel später sollten die anderen Beteiligten an diesem Fall die Koinzidenz bemerken.

Trotz der Lage im Berg hatte man zu keiner Zeit das Gefühl unter Tage zu sein. Es war taghell und die Lichttechnik hatte alle Register gezogen. Geld spielte bei Kostas Karapatis ohnehin keine Rolle. Er war – wie konnte es anders sein – Reeder. Aber im Gegensatz zu seinen Kollegen machte er sich selbst nichts vor. Sein Vermögen basierte auf Unredlichkeit und Betrug. Und Mord. In jungen

Jahren hatte Karapatis seinen Reichtum genossen und blieb von heftigen Gewissensbissen verschont. Er schob sie schlicht beiseite unter tätiger Mithilfe von Geld, Drogen und jungen Mädchen.

Doch in den letzten Jahren holten ihn die Dämonen ein. Karapatis´ Nächte wurden kürzer und unruhiger. Seine Aufenthalte im Keller verliehen ihm kein Hochgefühl mehr. Früher schwebte er beim Betrachten der ganzen Kostbarkeiten und sah sich als Wohltäter und Mäzen.

Und natürlich als großen griechischen Patrioten. Alles änderte sich mit den ersten Fragen seiner Tochter Anna. Entgegen Karapatis´ Erwartungen war sie komplett resistent gegenüber dem Luxus, den er als Vater ihr bieten konnte. Sie trug Jeans und Billigklamotten und bei jeder Gelegenheit kam die Frage nach den Quellen des familiären Reichtums.

Bis es zum Bruch kam. Ein linker Journalist hatte in der Familiengeschichte gewühlt und einige unangenehme Aspekte entdeckt, aber – Gott sei Dank – nicht den größeren, vor allem nationalen, Kontext. Wenn nicht sogar international. Denn sowohl in Paris als auch in Tel Aviv wäre das Entsetzen groß. Und der Druck auf Athen wäre maximal.

Leider konnte sich Karapatis nicht darüber freuen, dass die Erkenntnisse des Journalisten nur an der Oberfläche kratzten, denn als der Reporter nach dem Präsentieren der Ergebnisse ging, nahm er

Anna mit. Sie kam aber wieder zurück, mit dem unsinnigen Wunsch, Judaistik zu studieren. Nach einem erneuten Krach war sie fort.

Mehrere Versuche, mit ihr Kontakt aufzunehmen, scheiterten. Anna wollte ihn nicht sehen und auch am Telefon ließ sie sich verleugnen.

Mit jedem Jahr nagte diese Wunde mehr an Karapatis. Er hätte einen Teil seines Vermögens hergegeben, wenn er nur seine Tochter zurückgewinnen könnte. Die Vorstellung, dass er alleine sterben würde, ließ ihm keine Ruhe.

Er wusste, dass er eine Entscheidung treffen musste.

Und Karapatis hatte nicht mehr viel Zeit. Der Bauchspeicheldrüsenkrebs ließ es nicht zu.

Er lehnte sich zurück und starrte die berühmte Skulptur an. Vor einer Woche hatte er sich zu drastischen Entscheidungen durchgerungen.

Ich will meine Tochter zurück, beschloss er.

Und sie würde nur zurückkommen, wenn ich alles offenlege. Natürlich wusste Karapatis, was dies bedeuten würde. Viele würden ins Gefängnis gehen, manche gar sterben.

Aber es gab kein Zurück. Karapatis hatte den Stein ins Rollen gebracht. Bei einem Gespräch am Mittwoch würde die Bombe platzen. Es würde im Ermessen seines Gesprächspartners liegen, wie er darauf reagiert.

Er hörte, wie der Aufzug nach oben fuhr. Karapatis zuckte. Wie kann das sein? Es gibt nur einen Schlüssel und den habe ich. Kein anderer wusste überhaupt von diesem Raum. Architekt und Bauleiter starben einen frühen Tod, der nicht unbedingt auf Freiwilligkeit beruhte. Auch das Personal wusste nichts. Dass der Fahrstuhl noch weiter nach unten reichte, ahnten sie nicht. Erst mit einem Schlüssel ließ sich das Panel öffnen, auf dem man eine Fahrt in das Allerheiligste „buchen" konnte.

Der Aufzug fuhr wieder nach unten.

Einen kurzen Moment hatte Karapatis die Hoffnung, es wäre Anna. Im anderen Fall könnte es sein, dass mein Leben nun doch schon früher endet.

Karapatis kannte den Mann nicht. Jung, muskulös, plump.

Es war ein Mörder, da hatte Karapatis nicht den geringsten Zweifel. Und er hatte keine Waffe in der Hand. Sondern einen Draht.

„Man wird mich suchen. Das Personal …", versuchte Karapatis, sein Leben zu retten.

„Nein. Es wird in wenigen Minuten einen Anruf geben, dass Sie von Singapur nach China weiterreisen und vorerst nicht nach Mykonos zurückkehren!"

Der Mann drückte eine Taste auf seinem Handy. Karapatis hörte sich selbst, wie er das Personal über diese Reise unterrichtet. Schöne neue Welt. Bruchstücke einer Unterhaltung, neu zusammengefügt.

„Sie sehen, Karapatis: Sie sind gar nicht da!"

Gott sei Dank habe ich die Trennwände noch hochfahren können. Seine Schätze waren sicher.

Und vor allem die Unterlagen, die er für den Mittwoch bereits zusammengetragen hatte.

Wie hatten sie diesen Raum entdeckt? Hier war noch nie auch nur eine Person. Außer den fünf Bangladeschis, die als Handwerker hier tätig waren. Aber auch die waren längst verstorben, denn hier durfte nur arbeiten, wer über 50 Jahre alt war. Und in Bangladesch findet man ohnehin niemand. Nein. Es musste eine andere Erklärung geben.

Außer .... außer Patrida wusste von Anfang an Bescheid und hatte Architekt und Bauleiter vor deren Tod unter Vertrag.

Er dachte an seine Tochter und begann zu kämpfen. Er versuchte, mit den Fingern unter den Draht zu gelangen.

Eine Minute später flogen drei Finger auf den Boden.

Sein Gesprächspartner würde am Mittwoch umsonst warten. Hier täuschte sich Karapatis: sein Gesprächspartner befände sich am nächsten Mittwoch schon bei Gott – oder besser: bei Jahwe.

6

Der Samstag zuvor begann harmlos. Nichts deutete auf die Ereignisse hin, die in den folgenden Tagen nicht nur die Insel erschüttern würden.

Angelos und Khaled hatten genug zu tun, um sich auf ihre Hochzeit am Montag vorzubereiten.

„Die nächstliegenden Möglichkeiten wären Tel Aviv oder München", sagte Angelos, wohlwissend, dass Khaled nicht in Israel würde heiraten können. Sein Bruder, der Emir, würde Amok laufen.

„München. Da war ich schon und es gefällt mir!"

„Du musst aber wissen, dass Alex und ich auch in München geheiratet haben", sagte Angelos.

„Alex ist tot. Ich will nicht herzlos klingen, aber am Montag heiraten wir", antwortete Khaled.

Gut, dachte Angelos. Hoffentlich begrüßt mich der Standesbeamte nicht mit den Worten ‚Ach, Sie schon wieder!' Nein, nicht wahrscheinlich. Schließlich gibt es Dutzende von Beamten in einer Millionenstadt.

„Trauzeugen besorgt das Standesamt?", fragte Khaled. Angelos´ Familie existiert nicht mehr, Khaleds Familie wollte mit ihm nichts mehr zu tun haben. Richtig enge Freunde hatten beide nicht. Giorgios, Angelos´ rechte Hand im Rathaus, musste sich um seine krebskranke Tochter kümmern und Maria war noch immer auf Polizeilehrgang.

„Ja. Alles besprochen", sagte Angelos.

„Dann könnten wir schwimmen gehen", schlug Khaled vor.

„Wir haben einen Pool!", warf Angelos ein.

„Ja, aber, äh, …", stammelte Khaled.

„Begriffen. Du möchtest, dass ich mit dir über den Strand Parade laufe", sagte Angelos.

„Ist das schlimm?", fragte Khaled vorsichtig.

„Nein. Kein Problem", meinte Angelos. „Aber nicht in den Shorts vom letzten Mal. Da sieht man wirklich alles!"

Khaled knurrte, fügte sich aber.

Eine Stunde später liefen Bürgermeister Angelos Nikakis und sein zukünftiger Ehemann Khaled über den Strand von Paradise Beach.

Auch wenn die meisten Gays mittlerweile nach Super Paradise umgezogen waren, drehte sich so ziemlich jeder Strandgast um. Manche pfiffen beiden hinterher.

„Dein erster Schwulenstrand?", fragte Angelos.

Khaled nickte.

„Ein bisschen heftig!"

„Tja, ich wollte lieber am Pool bleiben, *du* wolltest hierher!"

Plötzlich blieb Angelos stehen und schnaubte.

„Das gibt's doch nicht. Wo ist Nikos, der Saukerl?"

Er deutete auf den Hochsitz für den Rettungsschwimmer, der verwaist war.

Angelos blickte sich um. Nikos war nicht zu sehen. Er war weder beim Flirten, noch stand er an der Bar.

„Na warte. Am Montag raucht´s. Wozu bezahlen wir die denn?", knurrte Angelos.

„Dann setzen wir uns doch hinauf. Der wird ja nicht nach Hause gegangen sein", schlug Khaled vor.

Und so saßen Angelos und Khaled auf dem Hochsitz und warteten auf Nikos, Mr. Baywatch am Paradise Beach. Wahrscheinlich hat er hinter den Felsen die Hosen heruntergelassen, dachte Angelos.

Khaled nahm das Fernglas.

„Sieht richtig professionell aus", stichelte Angelos, aber Khaled reagierte nicht.

„Los. Da draußen ersauft wirklich einer", rief er und sprang vom Turm. Angelos folgte ihm mit drei Sekunden Verspätung.

Im Wasser sah auch er fuchtelnde Arme, natürlich hinter den Bojen, die gefährliches Gewässer anzeigte. Die Strömungen rund um Mykonos sind tückisch.

Khaled war schnell, aber plötzlich waren keine Arme mehr zu sehen. Dann verschwand auch Khaled.

Kurz darauf tauchte er wieder auf und hielt einen kurzen Arm in die Höhe. An dem Arm hing: ein Kind. Auch Angelos hatte nun den Ort des Geschehens erreicht.

Es war ein Junge, vielleicht fünf oder sechs Jahre alt. Und er war bewusstlos.

„Übernehm du", sagte Khaled. „Rückwärts schwimmst du schneller! Es zählt jede Sekunde!"
Das wird nichts mehr, dachte Angelos. Fünf Sekunden unter Wasser plus eine Minute bis zum Strand. Aber er schwamm so schnell er konnte.
„Du übernimmst wieder am Strand. Mund-zu-Mund …", rief Angelos.
Mittlerweile hatten die ersten Badegäste erfasst, was passiert war.
Endlich hatten sie den Strand erreicht. Das Kind war noch immer bewusstlos. Khaled begann sofort mit Herzmassage und Mund-zu-Mund-Beatmung. Keine Reaktion. Dann übernahm Angelos.
Nach einer gefühlten Ewigkeit zuckte der Junge plötzlich und begann zu husten.
Rundherum hatte sich ein Kreis von Schaulustigen gebildet.
„Wer ein Foto macht, kriegt es mit mir zu tun", rief Angelos.
Dann drängelte sich jemand vor.
Es war ein Mann Ende dreißig mit panischem Blick. Er sah den Jungen und rief „Yossi!"
Dann fiel er auf die Knie und hielt den Kopf des Jungen, der seinen Vater auch sofort erkannte.
Glück gehabt, dachte Angelos.
„Vielen, vielen Dank. Ich …"
Weiter kam er nicht, denn eine schreiende Frau kam hinzu – die Mutter.
„Wie konntest du ihn alleine ins Wasser lassen! Wer hat ihn herausgeholt?"

Angelos deutete auf Khaled und Khaled auf Angelos.

Der Mann stand auf und gab beiden die Hand. „Meine Frau und ich werden Ihnen auf ewig dankbar sein. Sie sind vorbildliche Rettungsschwimmer!"

„Ich bin eigentlich der Bürgermeister und das ist mein Fast-Ehemann", sagte Angelos lächelnd.

Die Mutter nahm ihren Sohn an der Hand und ging davon.

„Noch einmal vielen Dank! Entschuldigung, wo sind nur meine Manieren. Mein Name ist Eli Dayan, ich bin der israelische Botschafter in Athen!"

7

Die Menge zerstreute sich, aber ein Mann kam mit hochrotem Kopf dahergerannt. Gabriel, dachte Angelos und freute sich. Gabriel, dachte Khaled und schaute betreten. Gabriel Makarow war Agent des israelischen Geheimdienstes und hatte vor wenigen Monaten einen russischen Überläufer über Mykonos in den Westen geschleust. Nein, falsch. Er hatte es versucht und Angelos und Khaled sollten ihn unterstützten. Was aber nicht gelang. Am Ende gab es fünf Tote, darunter Angelos´ Ex-Mann. Aber es war nicht die Schuld Gabriels oder der Herren Nikakis. Ein Verräter hatte das gesamte Unternehmen torpediert.

Auf Gabriels Gesicht war nichts zu sehen von den traumatischen Erlebnissen. Denn er hatte sich damals in Angelos verliebt. Zwar schmeichelte es Angelos – der diese Liebe aber nicht erwiderte -, nur: Khaled reagierte empfindlich. Nach außen wirkte er gelassen, doch innerlich hatte er Angst. Denn Gabriel war zweifellos ein schöner Mann: 29, Agentenfigur, sprich durchtrainiert, schwarze Haare und unverschämt leuchtend-grüne Augen. Zudem war er ein netter, unkomplizierter Kerl.

„Angelos", rief Gabriel und fiel seiner großen Liebe um den Hals. Auch Khaled bekam einen Drücker, aber der war weniger leidenschaftlich.

Dann drehte er sich zum Botschafter und sagte: „Entschuldigung, Exzellenz. Ich war gerade auf der Toilette. Ich weiß nicht, was ich sagen soll!"

Dayan klopfte Gabriel auf die Schulter und sagte: „Schon gut. Ich bin der Vater. Es wäre meine Aufgabe gewesen. Ist ja noch mal gutgegangen, dank der beiden Herren! Sie kennen sich alle?"

Angelos nickte.

„Ja. Ihre Spione hatten sich Mykonos als Spielwiese herausgesucht. So haben wir uns kennengelernt!"

Von wegen, dachte Khaled. Euer Spion hat sich in meinen Mann verliebt. Und der strahlt, weil er gerne angehimmelt wird. Zwei Tage vor der Hochzeit.

„Es wäre eine Freude für mich und meine Frau, Sie alle zum Abendessen einzuladen. Sagen wir um zehn? Wir wohnen im „Leto´s", sagte Dayan.

Klar. Im renommiertesten Hotel der Stadt. Nicht mehr das Beste, aber das mit der eindrucks-vollsten Geschichte.

„Die Einladung gilt auch für Sie, Gabriel!" Khaled verdrehte die Augen.

„Ich hab´s gesehen", sagte Angelos leise.

„Reiß dich zusammen. Keine Eifersuchtsanfälle. Es gibt keinerlei Grund!"

Auf dem Weg zum Auto kam ihnen Nikos, der Rettungsschwimmer entgegen. Arm in Arm mit einem grünen Jüngling.

„Ah. Gefällt dir der Strand?", fragte Angelos grinsend.

„Immer besser, Chef!"

„Dann freut es dich zu hören, dass du nun ganztags durch die Dünen cruisen kannst. Du bist entlassen", sagte Angelos.

8

Das „Leto´s" liegt direkt an der Uferpromenade, ist aber durch eine Mauer vom Trubel abgeschirmt. Es ist ein wenig in die Jahre gekommen, lebt aber bis heute von seinem Ruf, den es sich in den 60er und 70er-Jahren erworben hat. Sein Restaurant ist hingegen noch immer eine Top-Adresse auf Mykonos, wozu der ruhige Garten einiges beiträgt.

„Ich hasse Anzüge", sagte Angelos.

„Dabei steht er dir gut. Er ist vielleicht ein bisschen eng am Hintern und im Schritt, aber das war bestimmt Absicht, stimmt´s?", frotzelte Khaled.

„Frecher Kerl", antwortete Angelos.

Es war die Wahrheit. Alex, sein Ex-Mann, meinte, man müsse zeigen, was man hat und so kauften die Herren den Anzug.

„Es schadet nichts, mal etwas anderes als Jeans und weißes Muskelshirt zu tragen", sagte Khaled lächelnd.

„Ich wechsle durchaus. Manchmal ziehe ich ein schwarzes Shirt an!"

Sie betraten das Garten-Restaurant.

Der Lärmpegel fiel um fünfzig Dezibel.

„Schön, nicht wahr?", fragte Angelos und ging auf den Botschafter zu, der sie schon gesehen hatte. Die Frau des Botschafters war deutlich jünger und eine Schönheit.

„Ah, unsere Retter", sagte sie.

„Du siehst toll aus", sagte Gabriel zu Angelos. „Hallo, Khaled".

War ja klar, dachte Khaled. Wenn er Angelos ans Knie fasst, explodiere ich.

„Schön, dass Sie unserer Einladung gefolgt sind. Es ist zwar Nichts im Vergleich zu dem, was sie getan haben. Unser Sohn hat Ihnen ein paar Zeilen geschrieben!"

Es war eine Karte mit den Krakeln eines Kindes. Sie zeigte ein kleines Strichmännchen und zwei große und ein wackeliges „Danke".

„Süß", sagte Angelos.

„Was führt sie überhaupt nach Mykonos?", fragte Khaled.

„Äh …, Urlaub", sagte Dayan.

„Glauben Sie ihm kein Wort. Das Wort ‚Urlaub' kennt er nicht. Selbst während der Trauung hat er das Handy nicht ausgeschalten. Aber ich kann Ihnen nicht sagen, warum wir hier sind", fügte Dayans Frau, Rachel, hinzu.

„Apropos Trauung. Wir heiraten übermorgen", sagte Khaled.

Ein Löffel fiel in den geleerten Suppenteller. Gabriel hatte keine Ahnung.

„Oh, wie schön", sagte Dayan. „Und wo? Hier geht es glaube ich nicht, oder?"

„In München", antwortete Angelos.

„Trauzeugen aus der Familie oder Freunde?", fragte Dayan.

„Ich habe keine Familie mehr und Khaleds Familie, na ja, sie haben es ja in den Medien verfolgt. Ein

Emir bei einer Schwulenhochzeit?", sagte Angelos.

Rachel lachte.

„Das gäbe ein Erdbeben in der arabischen Welt!"

„Eben. Deswegen nehmen wir zwei Trauzeugen vom Standesamt", erklärte Khaled.

„Ich wäre gerne Trauzeuge", sagte Gabriel. „Aber ich muss beim Botschafter bleiben. Ich bin ja dienstlich hier!"

„Ich hatte gedacht, du wärst der Letzte, der dabei sein wollte", sagte Angelos zu Gabriel.

„Nein. Du schätzt mich falsch ein. Ich wäre dir näher, aber wie gesagt, es geht ohnehin nicht!"

„Moment. Es ginge, wenn ich den zweiten Trauzeugen mache", sagte der Botschafter. „Es würde dir doch nichts ausmachen, Schatz? Es wären zwei Tage. Ich muss erst Mittwoch wieder hier sein?"

„Machst du Witze? Fahr nur. Dann kann ich endlich in Ruhe shoppen. Und an den Strand, ohne dass unser Sohn ertrinkt", meinte Rachel.

Mit der möchte ich nicht verheiratet sein, dachte Angelos.

„Natürlich nur, wenn es Ihnen passt!", sagte der Botschafter.

„Es wäre uns eine Ehre", antwortete Khaled.

„Geht das für dich in Ordnung, Khaled?", fragte Gabriel. Angelos trat Khaled auf den Fuß.

„Natürlich, Gabriel. Ich weiß ja, dass Angelos *mich* liebt!"

Angelos schaute zu Khaled und der Blick verhieß nichts Gutes. Du bist ein Trampel, dachte Angelos.

Es gibt keinen Grund, Gabriel weh zu tun.
„Gut. Wie der Engländer sagt: Then it is settled",
sagte Dayan.

ᖳ

In München hatte Angelos nicht das erhoffte Glück.
„Sie schon wieder, Herr Nikakis? Das hat aber nicht gehalten!"
Es war wie befürchtet derselbe Standesbeamte.
„Konnte es nicht. Mein erster Mann wurde ermordet", knurrte Angelos.
„Oh, entschuldigen Sie. Wer ist der Bräutigam?"
„Ich – wäre es gern", sagte Gabriel und Angelos lachte.
„Sie erfreuen sich offensichtlich größter Beliebtheit, Herr Nikakis", stichelte der Standesbeamter.
„Nein, das ist mein Zukünftiger. Herr Khaled al-Mussawi!" Der Standesbeamte gab Khaled die Hand.
„Und dann hier Seine Exzellenz, der Botschafter Israels in Athen, Herr Dayan!"
„Oh. ich dachte, das war ein Scherz der Kollegen. Ich müsste beim protokollarischen Dienst …", sagte der Standesbeamte.

„Nein. Ich bin privat hier. Machen Sie einfach weiter", entgegnete Dayan.

„Lieber Angelos, lieber Khaled,
liebe Trauzeugen, Eure Exzellenz!
Heute ist euer Tag,
Gleich gebt Ihr Euch das „Ja- Wort" und besiegelt somit öffentlich vor euren Gästen und mir.
Lebenswege verlaufen nicht immer gerade …

„Sie dürfen sich jetzt küssen!"
Khaled war wie in Trance. Noch vor sechs Monaten war er schon glücklich, Angelos nur zu sehen. Noch glücklicher, oder besser fassungslos, war er, nachdem Angelos Alex verlassen hatte und ihm seine Liebe gestand. Und jetzt heiratet er mich sogar!
In seinem Glück küsste er sogar Gabriel.
Beim Hinausgehen reichte der Standesbeamte Angelos die Hand und grinste:
„Ich hoffe, wir sehen uns nicht wieder. Ich habe nämlich nur zwei Reden!"
Die Gesellschaft löste sich auf, denn der Botschafter und Gabriel mussten zum Flughafen, um nach Mykonos zurückzufliegen. Angelos und Khaled wollten nachmittags nach Venedig.
Flittertage statt Flitterwochen.
Doch nicht mal für Tage sollte es reichen.

10

Mykonos, Mittwoch, 13.00 Uhr

Botschafter Dayan kam aus dem Badezimmer im Hotel „Leto". Auf der Couch im Wohnzimmer saß Gabriel Makarow, sein Personenschützer. Der Gesandte Israels in Athen fiel nicht in die höheren Gefährdungsstufen. Dafür war Griechenland zu unbedeutend. Es war eine Bewährungsstation für Diplomaten. Mit seinen 39 Jahren war Dayan ohnehin sehr jung für den Posten.

„Na, Gabriel, du schaust so abwesend! Immer noch der Liebeskummer?", fragte Dayan.

Die beiden waren sich auf dem Rückflug an Bord der Linienmaschine von Eurowings nahegekommen. Gabriel hatte dem Botschafter von dem Desaster mit dem Überläufer erzählt – und natürlich auch von der blitzartigen Liebe, die bei der ersten Begegnung mit Angelos aufkam – und seitdem schwelte.

Dayan hingegen hatte ihm erklärt, dass die Ehe überschätzt werde.

„Gut, natürlich weiß ich nicht, wie es bei Schwulen ist, aber die Liebe erlischt schnell. Hat man Glück, wird daraus Freundschaft. Bei meiner Frau und mir ist es nur noch ein nebeneinander leben. Nur die beiden Kinder verbinden uns noch. Insofern bist du sogar besser dran. Du bist verliebt und hast Träume. Die habe ich mir schon abgewöhnt", seufzte Dayan.

„Das tut mir leid für dich", antwortete Gabriel.
„Bei mir sind es nur Träume – die sich aber nie erfüllen werden. Und ich kann nichts tun, denn ich will nichts zerstören!"

„Du bist ein guter Mensch", sagte Dayan.

„Das sagt Angelos auch immer, aber es hilft mir nicht. Na ja, ich will nicht jammern. Schließlich bin ich im Dienst. Wo geht es hin?", fragte Gabriel.

„Du brauchst nicht mit. Fahr du an den Strand", sagte Dayan.

„Das darf ich nicht", antwortete Gabriel. „Cohen würde mich erwürgen!"

Yossi Cohen war der Chef des Mossad, gemeinhin nur „der Dienst" oder „das Institut" genannt.

„Ach, der soll sich um Teheran kümmern und uns in Ruhe lassen. Ich bin Botschafter in Griechenland. Mein Tod würde es nur als Kleinmeldung in die Zeitung schaffen", sagte Dayan.

Hierbei sollte sich Dayan aber massiv verschätzen.

„Ich komme trotzdem mit. Wohin nun?", hakte Gabriel nach.

„Nein, Gabriel. Das Treffen ist geheim. Aber mehr kann ich dir nicht sagen!"

„Jetzt bin ich erst recht beunruhigt! Ich muss es aber Tel Aviv melden!", insistierte Gabriel.

Dayan schaute verärgert.

„Ich sagte ‚geheim'. Meldest du es Tel Aviv, bleibt es garantiert nicht geheim. Der Laden ist nämlich mitunter geschwätziger als ein Kaffeekränzchen! Der Mann, mit dem ich mich treffe, hat darauf bestanden, dass ich alleine komme. Und er ist 66 Jahre alt, also sicher keine Gefahr. Er ist

Geschäftsmann und kein Drogenbaron. Soll ich die Anweisung schriftlich festhalten?", fragte Dayan.

Angesichts Dayans Gereiztheit verzichtete Gabriel darauf.

Ein folgenschwerer Fehler.

„Wie lange dauert es?"

„Keine Ahnung. Das Treffen ist in Agios Irgendwas!"

„Agios Ioannis. Das sind zwanzig Minuten Fahrt", erklärte Gabriel.

„Jedenfalls genug Zeit für dich, um an den Strand zu fahren", sagte Dayan.

Und Gabriel fügte sich.

Botschafter Dayan fuhr aus dem Parkplatz am Alten Hafen und bog auf die Uferstraße ab. Er quälte sich durch die Stadt und war froh, als er die Chora hinter sich gelassen hatte.

Er hatte keine Ahnung, was sein Gesprächs-partner wollte.

Karapatis hatte sich sehr kryptisch geäußert. Eine Angelegenheit von höchstem politischem Wert. Und finanziellem.

Das konnte alles Mögliche sein. Und israelische Botschafter sind daran gewöhnt, von Spinnern behelligt zu werden, die etwas über Nazi-Gold oder die iranische Atombombe zu wissen glaubten. Natürlich wollte jeder eine finanzielle Entschädigung für die „Aufwendungen".

Allerdings handelte es sich bei Dayans Gesprächs-
partner um niemand Geringeres als den reichsten
Mann der Insel. Karapatis.
Gerüchteweise soll er über eine Kunstsammlung
verfügen, die manches Museum in den Schatten
stellte.
Gut, besser Gemälde betrachten als zwei Stunden
Shopping mit meiner Frau.
Unerklärlicherweise schaute Dayan für einen
kurzen Augenblick nicht auf die Straße und auch
nicht aufs Meer. Sein Blick richtete sich vielmehr
auf die niedrige Begrenzungsmauer.
Ein kurzes Blitzen.
Reflektoren? Nein, die kennt man in Griechenland
nicht.
Er sah nach links. Das gleiche Blitzen links.
Das ist doch eine Lichtschran …

Menschen, die Opfer eines Bombenanschlags
werden, sterben seltenst an abgerissenen
Gliedmaßen, auch wenn die Herren Attentäter als
freundliche Beigabe Nägel und Rasierklingen
beifügen. Nein, es ist die Druckwelle, die die
inneren Organe zerfetzt.
Und so zerplatzten Dayans Herz und Leber
Millisekunden bevor es ihn in Stücke riss.

11

Lido di Venezia, eine Stunde zuvor

Gott, bin ich froh, dass ich nie mehr da rein muss. Da ist Mykonos ja eine einsame Insel dagegen", knurrte Khaled.
Das frisch getraute Ehepaar Nikakis lag auf den Sunbeds unter dem Baldachin im Hotel Excelsior am Lido. Als sie ankamen, musste Angelos lachen. Das Hotel ähnelte sehr einem orientalischen Palast mit Zwiebeltürmchen. Auch das Interieur ließ eher auf Marrakesch oder Ägypten schließen, denn auf Venedig.
Der Tag zuvor war der reinste Horror. Die zwei quälten sich durch die Stadt, nein, sie wurden hindurchgepresst.
„Habe ich schon erwähnt, dass ich Chinesen hasse?", fügte Khaled hinzu.
„Ja. So ungefähr zehn Mal. Gut, bei meiner nächsten Hochzeit fahre ich woanders hin", sagte Angelos.
Khaled schaute verwirrt.
„Himmel. Dein Gesicht ist einfach zu köstlich", sagte Angelos lachend.
„Sag mal, Flittert man nur einmal oder macht man das jedes Jahr zum Hochzeitstag?"
Angelos prustete los.
„Nein. Man flittert nur einmal. Aber vielleicht ist genau das das Problem. Würde man es jedes Jahr

machen, könnte man sich daran erinnern, dass da etwas war. Und es auffrischen!"

„Siehst du? Manchmal sind meine Fragen gar nicht so dumm. Außerdem braucht man bei mir nichts auffrischen. Mich wirst du nicht los. Ich liebe dich. Leider bin ich nicht der Einzige!" Den letzten Satz murmelte Khaled vor sich hin.

„Oh, mein Prinz. Fang nicht schon wieder an. Ich kann niemandem vorschreiben, ob er mich lieben darf oder nicht. Was vergebe ich mir, wenn ich freundlich bin? Gabriel tut doch nichts", sagte Angelos.

„Er macht nichts anderes als du. Deswegen solltest gerade du es verstehen. Du bist nachts zwei Mal 3.000 Kilometer geflogen, nur um mich zu sehen!"

„Eben. Und es endete vor dem Traualtar. Ich hoffe, wenigstens hier endet die Gemeinsamkeit", knurrte Khaled.

„Kann ich etwas dafür, dass Gabriel dienstlich auf Mykonos ist? Glaubst du, ich habe ihn herbestellt? Ich war genauso überrascht. Sei bitte die paar Tage, die er noch da ist, halbwegs freundlich", bat Angelos.

„Natürlich. Ich wünsche ihm den zweitschönsten Mann der Welt. Den schönsten habe ich!"

Khaled drehte sich zu Angelos und streichelte ihm über die Brust.

„Du arabischer Schleimer. Aber wo du Recht hast, hast du Recht!"

Angelos lachte.

„Hier ist es schön", sagte Khaled.

Und Angelos stimmte ihm zu. Der Lido ist zehn Mal
schöner als Venedig. Gut, am Privatstrand eines
Fünf-Sterne-Hotels lässt es sich überall aushalten.
„Auf wieviel Stelzen steht die Stadt noch einmal?",
fragte Khaled.
„Um die 100.000 stand in dem Buch. Warum?"
„Wenn ich es richtig sehe, hat Venedig gerade
einen mehr", sagte Khaled. „Darf Ali Baba seinen
Räuber nach oben führen?"
„Soll ich so an der Rezeption vorbei?", fragte
Angelos.
Wortlos stand Khaled auf, holte einen Kübel Eis
und schüttete ihn auf Angelos´ Badeshorts.
„AHHHH! Bist du wahnsinnig?", schimpfte Angelos.
„Nein. Keine Sorge. In fünf Minuten ist alles wie
vorher", antwortete Khaled und grinste.

Sonderlich weit kamen die Herren in ihrer Suite
nicht. Als Angelos gerade Sterne sah, brummte
das Handy.
„Du gehst nicht ran!", sagte Khaled bestimmt.
Angelos schaute auf das Display.
„Das Rathaus. Giorgios. Der würde nicht anrufen,
wenn nicht …"
„Gott sei Dank machen wir jedes Jahr Flitter-
wochen! Also geh´ ran", knurrte Khaled.
Und Angelos ging ran.

12

Chef? Hier ist die Hölle los. Eine Bombe ist explodiert. Es war das Auto des israelischen Botschafters", sagte Giorgios, Angelos' rechte Hand im Rathaus. Angelos' bester Mann.

„DAYAN??", schrie Angelos und war wie gelähmt. Auch Khaled schlug die Hand vor den Mund.

Angelos hatte auf Raumlautsprecher gestellt,

„Was soll ich tun?", fragte Giorgios.

Oh Gott, Gabriel, dachte Angelos.

„WAS IST MIT SEINEM LEIBWÄCHTER?"

Angelos fürchtete sich vor der Antwort.

„Dem ist nichts passiert. Er war nicht im Auto. Er hat die Explosion gehört und ist zum Tatort gefahren. Jetzt sitzt er bei mir und ist ziemlich fertig!"

Dem Himmel sei Dank.

„Gut. Als erstes hast du die Straße komplett gesperrt, oder? Wo ist es überhaupt passiert?"

„Uferstraße zwischen Chora und Ornos. Und zu sperren gab es nichts mehr. Die Straße ist auf hundert Meter komplett weg", sagte Giorgios.

„Und das Wrack?", fragte Angelos.

„Du meinst die fünf Teile, die übrig geblieben sind?"

Angelos antwortete nicht.

24 Stunden vorher stand Dayan noch neben ihnen bei der Trauung.

„Wir sind zu wenig Mann. Ruf die Feuerwehr. Die sollen je acht Mann an beiden Seiten des Lochs in der Straße stellen. Niemand darf durch. Auch auf dem Felsen darüber. Ruf den Flughafen an und lass den Luftraum sperren und nach Samos umleiten. Keine privaten Hubschrauber. Migiakis wird es bestätigen. Wir müssen ein paar Stunden rausholen, bis wir da sind!"

Dann wandte sich Angelos und Khaled.

„Wie lange brauchen wir, um den Jet startfertig zu haben?"

„Dreißig Minuten. Bis Marco Polo zwanzig Minuten. Dann noch eine Stunde zwanzig. Landung gegen 16 Uhr", antwortete Khaled.

„Giorgios? Wir landen um 16 Uhr. Du kommst mit Gabriel zum Airport. Ruft jemand an, sagst du, es wäre eine Gasleitung geplatzt!"

„Das glaubt mir doch keiner!", protestierte Giorgios.

„Das ist vollkommen egal. Ich brauche Zeit. Ich muss mit Athen und Tel Aviv sprechen. Weiß es die Witwe schon?"

„Nein", sagte Giorgios und ahnte es schon.

„Könntest du …?"

„Er hat einen kleinen Sohn, oder?"

„Ja, leider. Giorgios, wir müssen los. Wir sehen uns um vier!"

Angelos drückte das Gespräch weg und sagte eine halbe Minute lang nichts. Khaled begann, hektisch zu packen und rief den Flughafen in Venedig an.

„Danke", sagte Angelos leise.

„Haben wir Telefon an Bord?"

Khaled nickte.

Weißt du, was das alles bedeutet?"
„Dass die Hölle losbrechen wird!"

13

Nikakis. Den Premierminister. Dionysos!"
„Dionysos?", fragte Pilot Khaled.
„Das monatlich wechselnde Codewort für
eilige Fälle", antwortete Angelos.
„Das der Bürgermeister von Mykonos natürlich
bekommt", frotzelte Khaled.
Tatsächlich war Antonis Migiakis zwei Minuten
später in der Leitung.
„Entschuldige, ich hatte keine Zeit dir zu
gratulieren. Obwohl mir der Prinz leidtut. Er hat
einen Diktator geheiratet!"
„Mag schon sein. Aber einen gutaussehenden.
Aber das fällt nicht unter ‚Dionysos", sagte
Angelos. „Der israelische Botschafter ist Opfer
einer Autobombe geworden. Dayan ist tot! Ich
kann es noch zwei Stunden unter der Decke
halten, bis wir auf Mykonos landen. Es dauert
noch etwa eine Stunde!"
Stille.
Dann folgte ein nicht zitierfähiger Fluch.

„Als ob ich nicht genügend Scheiße an der Backe kleben hätte!"

„Nun, ich hätte mir meine Flitterwochen auch anders vorgestellt", knurrte Angelos.

„Schon klar. Den Botschafter kann ich nun schlecht informieren, äh. Oh Gott, dann muss ich den Idioten in Jerusalem anrufen. Ich kann den nicht ausstehen", sagte Migiakis.

„Nein, brauchst du nicht. Ich rufe Tel Aviv an. Die sollen entscheiden, was sie machen. Vielleicht wollen auch sie warten, bis die Hauptnachrichten vorbei sind!"

Das hatte Angelos schon gelernt. Passiert etwas, was Politiker zu Stellungnahmen zwingt, wartet man gerne bis nach 21 Uhr.

„Tel Aviv? Der Herr Bürgermeister konspiriert mit dem israelischen Geheimdienst?", stichelte Migiakis.

„Auf deine Anweisung hin. Du hast angeordnet, ich soll die Aktion ‚Überläufer' auf Mykonos überwachen. Ich stehe nicht auf deren Gehaltsliste!", blaffte Angelos zurück.

„Momentan ist es eine Gasexplosion. Die Feuerwehr habe ich schon vergattert. Das Rathaus hält auch dicht. Ich kann aber nicht sagen, was Dayans Frau macht!", sagte Angelos.

„Gasleitungen auf Mykonos? Für wie blöd hältst du die Medien?", fragte Migiakis.

„Die waren so blöd und haben Lebensmittelfarbe für Öl gehalten. Fragen sie nach, war es ein privater Gastank eines Anwohners. Basta. Aber noch weiß es keiner. Ich will nur dein Plazet für eine Luftraumsperrung …"

„… die du schon längst angeordnet hast", antwortete Migiakis lachend.

„Das nennt man ‚Gefahr im Verzug'. Die Frage ist nur, wer die Ermittlungen leiten soll. Athen oder ich zusammen mit Tel Aviv?", fragte Angelos.

„Eine rhetorische Frage. Aber so kann ich alle abwimmeln und sie an dich und die Israelis verweisen", sagte Migiakis.

„Ich dachte mir, dass dir das das Wichtigste ist. Ich sage Bescheid, was Tel Aviv will. Ein Agent, der Personenschützer, ist ja schon da!"

„Na, in dessen Haut möchte ich nicht stecken. Ist es der, der in dich verliebt ist?", stichelte Migiakis.

„Doofkopf", sagte Angelos.

„Respektvoll wie immer", antwortete Migiakis und legte auf.

Khaled lachte.

Der offene Ton hatte einen Grund. Angelos Nikakis hatte den Premierminister in der Hand. Bei Ermittlungen in einem anderen Fall stieß er auf die Adoptionsurkunde von PM Antonis Migiakis. Noch viel schlimmer: seine Mutter war eine türkische Bedienstete im Haus seines Vaters. Ein Halbtürke als griechischer Premier? Undenkbar. Migiakis befürchtete zunächst, Angelos wolle ihn erpressen, aber er merkte schnell: dafür war Nikakis zu anständig. "Von mir aus könnte auch ein Volltürke in Athen regieren. Schlimmer kann es nicht werden!"

Aber Angelos nutzte diese Beziehung trotzdem: als Bürgermeister "bat" er um wohlwollende Prüfung seiner Förderanträge. Auf Mykonos wunderten sich alle, dass urplötzlich Projekte angegangen wurden, die 20 Jahre lang auf Eis gelegen hatten.

„Ich stelle mir vor, einer der Bürgermeister in den Emiraten würde so mit dem Emir sprechen. Er bekäme Peitschenhiebe!"

„Nett. Da hätte ich nichts dagegen", sagte Angelos grinsend.

„Gut zu wissen, Süßer. Und jetzt schnall dich an!" Khaled griff zum Funkgerät.

„Tower JMK. Hier Nikakis Air 1611. Erbitte Landeserlaubnis!"

Zu hören war Gelächter.

„Landeerlaubnis erteilt. Sagen Sie dem Bürgermeister, der Parkscheinautomat ist kaputt!" Angelos verdreht die Augen.

14

Tel Aviv, zeitgleich

Yossi Cohen, Chef des Dienstes schaute zum Fenster hinaus. Das Gillon-Autobahnkreuz – an dem das neue Hauptquartier errichtet wurde.

Der alte Templer-Komplex in der Stadtmitte war mir lieber, dachte er. Am Strand konnte ich abschalten und nachdenken. Von meinem alten Büro war es nur ein Block bis zum „La mer", *meiner* Strandbar.

Ben Sahar, sein Stellvertreter saß ihm gegenüber.

„Der Premierminister überlässt es uns, ob wir Rabatz machen", sagte er zu Cohen.

Ein ermordeter Botschafter. Wie sollte das ohne Rabatz abgehen? Und dann war die Frage, ob seine Frau mitspielt.

„Hinweise auf Islamisten?"

„Keine. Es gibt auch noch keine Bekennervideos im Netz oder auf Al-Jazeera. Das wäre ungewöhnlich, vier Stunden nach der Tat!"

„Sonst auch noch keine Meldung?"

„Nein. Ich hätte den Griechen gar nicht zugetraut, das unter der Decke zu halten", sagte Sahar.

Nikakis, dachte Cohen. Das war sein Werk.

„Sie haben nur den Luftraum gesperrt und die Fährverbindungen unterbrochen", sagte Sahar.

„Das schaffen nicht mal wir in der kurzen Zeit",
antwortete Sahar.

„Wir machen Druck und schicken ein eigenes
Ermittlerteam. In der Regel sind die Regierungen
vor Ort dankbar, wenn sie die Verantwortung
abschieben können!", schlug Sahar vor.

Cohen dachte nach.

„Nein. Das können wir zu einem späteren Zeitpunkt immer noch tun. Ich kenne den Kommissar
vor Ort vom Fall Blochin!"

Sahar zog die Augenbrauen hoch.

„Ein normaler Polizist?", fragte er ungläubig.

„Glauben Sie mir, Angelos Nikakis ist kein normaler
Polizist. Mykonos ist auch keine normale Insel. Er ist
ein fähiger Mann. Lassen wir ihn erst mal machen.
Wer war damals dabei?"

„Levi", antwortete Sahar.

„Dann bieten wir ihm Levi zur Unterstützung an!"

Sahar nickte.

„Und was sagen wir den Medien?"

„Wir sagen wie immer nichts. Jerusalem soll sich
an diese Linie vorläufig halten. Später können wir
immer noch sagen, dass eine Meldung die
Ermittlungen gefährdet hätte! Außerdem meinte
Nikakis, man könne sagen, dass am Tatort Reste
eines Gastanks gefunden wurden und daran
gearbeitet wurde!"

Sahar grinste.

„Und was machen wir mit Gabriel?"

Cohen seufzte.

„Ein Personenschützer, dessen Schutzobjekt in die
Luft gejagt wird? Er hätte nichts tun können, aber

er hat ihn alleine fahren lassen. Wir haben keine Wahl!
„Entlassen?", fragte Sahar.
Cohen nickte.
„Ich habe keine Wahl!"

15

Mykonos-Rhenia

Reeder Livinos eröffnete die zweite Zusammen-kunft auf der „Sophia".
„Meine Herren, liebe Freunde! Ich kann Ihnen mit Freude berichten, dass die unmittelbare Gefahr gebannt ist. Das Leck wurde gestopft und nicht nur das: es wurde zusätzlich versiegelt. Beide Männer, die uns hätten gefährlich werden können, sind liquidiert. Wir können uns daher unserem eigentlichen Thema widmen, nämlich der Übernahme des Hafens von Piräus. Es ist eine nationale Schande, dass unser wichtigster Hafen in den Händen der Chinesen ist. Mit ihnen Geschäfte machen: wunderbar. Unser Tafelsilber verscherbeln: nein. Und desw …"

Weiter kam Livinos nicht.

Der alte Menos unterbrach ihn.

„Langsam. Ich glaube, die Herren hier haben das Recht, etwas genauer zu erfahren, wie du das Problem gelöst hast. Es geht hier nicht um eine Bagatelle, deren Details wir aus den Medien erfahren!"

Du erfährst alles direkt vom EYP, dachte Livinos. Der EYP ist der griechische Geheimdienst und Menos´ Schwiegersohn war der stellvertretende Leiter, der „Patrida" abschirmte und vorwarnte.

Manche der Herren nickten.

„Gut. Dann sind auch alle hier Mitwisser", ätzte Livinos. Soll mir recht sein, dachte er.

„Unser Mitglied Karapatis, der uns aber seit längerem die Gefolgschaft verweigert, ist neutralisiert. Seit letzten Mittwoch!"

„Warum wurde noch nichts bekannt?"

„Weil ich gute Arbeit geleistet habe. Er liegt sozusagen im Tresor. Und wird so schnell nicht gefunden. Das muss an Details reichen!"

„Und was wurde aus dem Botschafter?", hakte Menos nach.

„Habt Ihr den Knall vor einer Stunde gehört? Das war Herr Dayans Wagen!"

Im Raum auf der Yacht war Gemurmel zu hören.

„Habe ich richtig verstanden, dass du ihn hast töten lassen, während wir keinen Kilometer davon entfernt sind? Das ist doch Wahnsinn. In Kürze werden Dutzende von Hubschrauber über die Insel fliegen!", blaffte Menos.

„Aber das ist nicht das Schlimmste. Wer wird denn ermitteln?"

„Athen", antwortete Livinos. „Also wir!"

„Irrtum, mein Freund. Die Ermittlungen leitet Kommissar Nikakis. Anweisung von Migiakis. Mit Zustimmung Tel Avivs. Das hätten die niemals akzeptiert, wären sie nicht der Überzeugung, dass er der Richtige ist!"

Livinos kochte. Er hasste es wie die Pest, wenn er schlechter informiert war als andere.

„Er ist ein kleiner Kommissar und wir die mächtigsten Männer des Landes. Wir sagen Migiakis, er soll seine Entscheidung rückgängig machen!"

„Das wird er nicht tun. Mein Schwiegersohn hat es schon versucht. Ich weiß zwar nicht, was Migiakis an diesem Nikakis findet …", sagte Menos.

„Vielleicht ist er auch schwul", antwortete Livinos lachend.

„Mach dich nicht lächerlich!"

„Zur Not bekommt auch Herr Nikakis Besuch. Patrida stellt sich niemand in den Weg!"

Die meisten nickten zustimmend.

Ihr seid besoffen von eurer Eitelkeit. Ihr glaubt, euch kann niemand gefährlich werden, dachte Menos.

Aber das ist ein Irrtum. Das alles war ein schwerer Fehler. Man hätte niemals auf Mykonos zuschlagen sollen, sondern in einer Provinz, in der ein lustloser Kommissar sitzt. Das hätte zwar etwas länger gedauert, aber …

Menos rang mit sich.

Nicht aus Gewissensnöten. Diese selbstverliebten Arschlöcher werden mich mit in den Abgrund reißen. Aber was kann ich tun?

Kronzeuge spielen? Das würde nichts bringen. Ein paar Jahre weniger Gefängnis, aber das spielte keine Rolle, Es würde mich in der Öffentlichkeit bloßstellen. Niemand würde mehr mit mir Geschäfte machen. Ich wäre geächtet. Von den Herren hier, aber auch von den anderen, den Guten.

Ich brauche eine Exit-Strategie.

Nikakis? Würde er mich laufenlassen? Er ist bekannt für seine unorthodoxe Methoden. Ihn interessiert das Ergebnis. Der Weg dorthin …

Nein. Das Risiko ist zu groß. Ich habe nie jemandem vertraut und damit lag ich mein Leben lang richtig.

Menos erwachte aus seiner Parallelwelt und hörte noch, wie Livinos sagte:

„Gut, dann können wir ja jetzt über die Chinesen sprechen!"

16

Mykonos-Flughafen (JMK)

Der Flight Line Marshaller kreuzte die Arme und Khaled stoppte den Jet. Während er die Checkliste durchging, legte ihm Angelos die Hand auf die Schulter.

„Khaled, du bist ein Mensch mit Mitgefühl. Bitte denk daran, wie es Gabriel gehen mag. Wahrscheinlich werden sie ihn entlassen. Ich befürchte, nur ich kann ihn trösten. Er hat keine Familie. Bitte nimm es mir und ihm nicht übel, wenn ich mich um ihn kümmere!"

Khaled nickte.

„Das bedeutet aber nicht, dass du mit ihm schläfst, oder?"

Angelos schaute entgeistert.

„Das war ein Scherz. Ich bemühe mich, nicht eifersüchtig zu werden. Versprochen!"

Durch die Frontscheibe konnten sie sehen, dass Giorgios und Gabriel neben dem SUV mit Blaulicht standen.

„Nobel, ich dachte immer, in Griechenland hat die Polizei nur klapprige Peugeots", sagte Khaled.

„In Griechenland vielleicht, aber nicht auf Mykonos", antwortete Angelos grinsend.

„Migiakis?", fragte Khaled.

„Äh, ja!"

„Gauner", sagte Khaled lachend.

Die beiden gingen die Treppe hinunter und Angelos ging als Erstes auf Gabriel zu und nahm ihn in den Arm. In dem Moment ließ Gabriel seinen Gefühlen freien Lauf. Das Schluchzen schien kein Ende zu nehmen.

„Keine Sorge. Wir helfen dir. Schließlich sind wir Freunde", sagte Khaled, was Angelos erstaunte – und freute.

„Danke. Ich fühle mich schuldig. Nein: ich bin schuld", sagte Gabriel.

„Hast du die Bombe gelegt? Nein, also!", sagte Angelos. „Diesen Schwachsinn will ich nicht mehr hören. Und jetzt los!"

Giorgios fuhr vom Vorfeld durch ein Tor auf die Straße vor dem Airport.

„Haben sich die ersten Geier schon gemeldet?", fragte Angelos.

„Nein. Seine Frau wird in zwei Stunden von den Israelis nach Hause geflogen. Dem Hotel hat sie gesagt, Dayan musste dringend nach Tel Aviv zurück. Ich habe zwei Wagen des Bauhofs hingeschickt, damit es halbwegs nach einem Unfall aussieht. Aber lange wird es nicht halten. Den Tod eines Botschafters kann man nicht geheim halten", sagte Giorgios.

„Gut gemacht", sagte Angelos. „Das kriegen wir schon hin. Den Wagen hat es in das Meer geschleudert und wird erst die nächsten Tage gefunden. Seine Frau ist weg, also wird er hier nicht vermisst. Den Rest macht Tel Aviv, oder? Gabriel?

Der zuckte mit den Schultern.

„Keine Ahnung. Ich bin raus. Man hat mich entlassen", sagte Gabriel.

„Levi kommt, um euch zu helfen", fügte er hinzu.

„Dann haben wir dasselbe Team wie beim Überläufer. Gut", sagte Angelos.

„Aber ich darf nicht dabei sein", wand Gabriel ein.

„Wir sind auf Mykonos. Hier bestimme ich", knurrte Angelos. „Athen und Tel Aviv können mich mal!"

Khaled lachte.

„Allah schütze unseren Diktator!"

„Ja. Und du bist die Diktatorengattin", stichelte Angelos.

„Für eine Gattin habe ich zu viel …"

Zum ersten Mal an diesem Tag lächelte Gabriel.

Die vier fuhren die Straße nach Ornos hinunter und bogen rechts Richtung Chora ab.

Nach einer Minute sahen sie die Feuerwehr, die tatsächlich die gesamte Straße abgeriegelt hatten. Acht Mann, die eine Art menschliche Kette bildeten.

Angelos ging als erstes zu Nikos, dem Feuerwehrkommandanten.

„Danke, Nikos. Auf dich und deine Leute kann man sich verlassen", sagte Angelos.

„Dir haben wir das neue Löschfahrzeug zu verdanken, also helfen wir gerne. Aber Gasexplosion war das keine, denn hier gibt …"

„… es gar keine Leitung. Weiß ich doch. Es geht nur um Zeitgewinn", vollendete Angelos Nikos´ Satz.

Nikos lachte.

„Viel ist nicht mehr da von der Straße. Ein Neubau geht nur mit Betonpfeilern. Und der Felsen darüber droht abzustürzen. Wir versuchen ihn zu stützen. Aber dafür brauchen wir Stahlnetze!"

„Könntest du dich darum kümmern? Das Geld kommt vom Rathaus. Spurensicherung vor Ort können wir uns sparen", sagte Angelos.

„Heilige Scheiße", sagte Angelos, als er an der Kante stand. Er blickte ins Nichts. Gut 150 Meter der Straße waren einfach weg. Und tatsächlich hing ein großer Felsen bedrohlich über dem Tatort.

„Äh, es kommen mit Levi noch zwei Leute von ZAKA", sagte Gabriel.

„Was zum Teufel ist …", begann Angelos.

„Nach dem Talmud darf kein Leichenteil unbeerdigt bleiben. Die Männer sammeln selbst kleinste Teile ein. Das ist in Israel üblich!"

„Du meinst, die steigen da runter, nur um einen Zehennagel zu bergen?", fragte Angelos.

Gabriel nickte.

„Aber nur mit unseren Westen, sonst weiß gleich jeder Bescheid!"

Angelos drehte sich wieder zur Kante des Abhangs.

„Stellt euch vor, das Ding wäre in der Stadt explodiert!"

„Vielleicht wollten die Täter Kollateralschäden vermeiden", sagte Khaled.

„Dann waren es keine Islamisten. Aber wer denn sonst? Ein privater Grund? Schwer vorstellbar, dass man zu einem derartigen Mittel greift", antwortete Angelos.

„Eine kriminelle Verbindung?", fragte Khaled.

„Kannst du dir vorstellen, dass Dayan in krumme Geschäfte verwickelt war?", lautete Angelos´ Gegenfrage.

„Ich meine ja nur. Nur weil es ein Israeli war, muss es nicht automatisch etwas Politisches sein!"

„Gabriel. Wenn die, äh …, Leichensucher kommen, kannst du denen sagen, sie sollen alles Verdächtige mit einsammeln? Keine Ahnung, was. Zettel, Handy ..."

„Es sieht nicht so aus, als wäre irgendetwas übriggeblieben. Aber ja, mache ich. Sie kommen mit Levi in zwei Stunden. Ach, und sie brauchen Lichtgiraffen", sagte Gabriel.

„Wie unauffällig", knurrte Angelos.

„Auch nicht auffälliger als eine fehlende Straße", gab Gabriel zur Antwort.

Da hatte er recht.

Giorgios telefonierte und ging zu Angelos.

„Chef, noch ein Problem. Ein anonymer Anrufer. Angeblich soll Karapatis tot in seinem Haus liegen!"

Angelos verdrehte die Augen. Karapatis war der Reichste seiner Untertanen und die einzige Begegnung war wenig erfreulich verlaufen. Er hatte sich darüber beschwert, dass die Kläranlage zu nahe an seiner Villa gebaut wird und Angelos zu einem Ortstermin „bestellt".

„Egal, wie viel Geld Sie auch besitzen: der Berg kommt nicht zum Propheten. Die nächste Bürgersprechstunde ist morgen um zwei!"

Natürlich hatte Karapatis in Athen Rabatz gemacht, aber dort teilte man ihm mit, es sei eine Angelegenheit der Gemeinde und der Herr Bürgermeister sei, ähem, schwierig. Karapatis' Einwand war auch sachlich abwegig, denn die Baustelle lag zwei Buchten weiter, über einen Kilometer entfernt. Um wahr zu sein: es bereitete Angelos Nikakis diebische Freude, die Kläranlage ausgerechnet dort zu bauen, wo die Reichen meinten, Insel und Meer gehören ihnen alleine.

„Ich habe allerdings mit seiner Villa telefoniert. Die Haushälterin meinte, Karapatis wäre in China", sagte Giorgios.

„Da kann er ruhig bleiben", knurrte Angelos. „Ich habe weiß Gott andere Sorgen!"

17

Am späteren Abend saßen Angelos, Khaled und Gabriel in der Küche der Nikakis-Villa am Berg von Ornos. Es herrschte trübe Stimmung, die nur kurzzeitig unterbrochen wurde, als Levi zu ihnen stieß.

„Das alte Team ist komplett", sagte Levi.

„Nur ohne mich", erwiderte Gabriel, dessen gesamter Lebensplan mit in die Luft geflogen war.

„Man kann doch nicht ihm die Schuld in die Schuhe schieben", sagte Angelos zu Levi.

„So sind die Regeln. Ein Personenschützer darf sein Objekt nie alleine lassen. Ok, außer vielleicht beim Toilettengang, aber auch das nur Zuhause!"

„Aber er hat darauf bestanden, ohne Schutz zu fahren. Ich habe mich geweigert, aber Dayan hat mit einem schriftlichen Befehl gedroht", rechtfertigte sich Gabriel.

„Und? Wo ist der Schrieb?", fragte Levi.

„Ich wollte keinen", antwortete Gabriel.

„Nichts Schriftliches und keine Zeugen, richtig?", fragte Angelos.

Gabriel nickte nur.

„Da ist nichts zu machen. Da sind die Regeln bei uns eindeutig. Sei mir nicht böse, Gabriel, du kennst sie", sagte Levi.

„Bringt es etwas, wenn ich mit eurem Chef spreche?", fragte Angelos.

Gabriel schüttelte den Kopf.

„Gut. Du bleibst vorläufig hier und hilfst uns bei den Ermittlungen. Dann sehen wir weiter", stellte Angelos fest.

„Wir müssen, nein, wir wollen auf die Beerdigung. Auch wenn die Herren nicht mehr viel von ihm finden werden. Wann finden bei euch Beerdigungen statt?"

„Innerhalb eines Tages, wenn die Körperteile geborgen sind", erklärte Levi.

„Heißt wahrscheinlich übermorgen. Wo? In Jerusalem?", fragte Khaled, aber Levi schüttelte den Kopf.

„Du vergisst, dass es ein Unfall war. Also nur kleiner Bahnhof und das in Haifa. Von dort stammte Dayan! Aber ich frage gleich noch einmal nach!" Levi ging zum Telefonieren nach draußen.

„Ich kann nicht mit", sagte Gabriel. „Seine Familie lyncht mich!"

„Und wie du mitgehst. Du hast keine Schuld. Basta!"

Levi kam wieder zur Türe herein, hielt aber das Handy noch in der Hand.

„Mein, Chef. Er will dich sprechen!"

„Mich?", fragte Angelos und nahm das Handy.

„Hallo, Herr Nikakis. Hier Cohen. Zunächst meinen Glückwunsch zu Ihrer Hochzeit!"

„Leider ist der Trauzeuge tot und das trübt die Freude. Was kann ich für Sie tun? Sehr viel wissen wir noch nicht. Es sind noch Ihre, äh, Leichensammler am Werk!"

„Schon klar. Ich würde Sie bitten, dass Sie zur Beerdigung kommen und dass wir uns am Rande treffen!"

Angelos war etwas verwirrt.

„Äh, gerne. Aber ich bezweifle …", setzte er an.

„Ich muss Ihnen etwas sagen, was Sie wissen müssen. Das geht aber nicht am Telefon", sagte Cohen, Chef des israelischen Geheimdienstes.

„Sie kommen ja mit dem eigenen Jet, oder?"

„Ja", knurrte Angelos, der sich noch immer nicht an Khaleds „private Sachen" gewöhnt hatte.

„Die Presse bekommt die Anweisung, Khaled nicht zu filmen oder zu fotografieren. Er soll keinen Ärger mit seinem Bruder, dem Emir, bekommen!"

„Aber Gabriel begleitet uns", sagte Angelos.

„Zur Beerdigung ja, zum Gespräch nein. Das muss unter vier Augen bleiben. Anweisung des PM", sagte Cohen.

Anweisung PM? Ich hätte gerne mal wieder einen normalen Mord und keine Staatsaffären, dachte Angelos.

„Alles weitere dann vor Ort. Und danke für Ihre Hilfe", sagte Cohen und das Gespräch war beendet.

18

Tel Aviv, Flughafen Ben Gurion

Die Beerdigung war eine einzige Farce. Die Trauerrede hielt selbstverständlich der Außenminister als oberster Dienstherr.

„Mitten in der Blüte seines Lebens, auf dem Weg zu höchsten Staatsämtern, wurde er durch einen tragischen Unfall in Galiläa aus unserer Mitte gerissen …"

„Mir wird gleich schlecht", flüsterte Angelos in Khaleds Ohr.

Das Treffen mit Cohen sollte in Tel Aviv stattfinden, aus praktischen Gründen am Flughafen. Khaled und Gabriel gingen zum Gate für Privatflugzeuge. Ein Uniformierter an der Grenzkontrolle bat Angelos, ihm zu folgen. Über eine Rampe gelangten sie ins Obergeschoss. Der Mann sperrte eine Türe auf und hieß Angelos Platz zu nehmen. Keine zwei Minuten später betrat Yossi Cohen den Raum und begrüßte Angelos mit Handschlag.

„Schön, dass wir uns endlich kennenlernen und vielen Dank für ihre Unterstützung bei der Blochin-Mission. Ich bedauere sehr, dass dabei Ihr Ex-Mann ums Leben kam!"

Ich auch, dachte Angelos.

„Ich bin nur etwas irritiert. Mit dem Schwindel über eine Gasexplosion sind wir zwar durchgekommen, aber seine Frau …"

„ … wird garantiert nichts sagen, denn sie möchte auch weiter die üppige Pension bekommen", entgegnete Yossi Cohen.

„Sie sind nicht hier, um mir Ergebnisse zu präsentieren. Wie könnten Sie auch in der kurzen Zeit", sagte Cohen.

Aha. Jetzt kommen die Karten auf den Tisch. Was wollte der Botschafter auf Mykonos und wohin fuhr er an diesem Tag? Wenn man dies wüsste, käme man einen gewaltigen Schritt weiter.

Auf jeden Fall war es keine Spazierfahrt, denn Dayan hatte darauf bestanden, alleine zu fahren. Er wollte keine Zeugen – oder sein Gegenüber, wer immer es auch war.

„Bitte entschuldigen Sie, dass wir Sie nicht vorab informiert haben. Wir hatten nur vage Hinweise und nichts deutete auf ein derartiges Ereignis hin!", sagte Cohen.

Angelos schmunzelte.

„Sie brauchen sich nicht zu entschuldigen. Ich bin nicht der griechische Premier!"

Cohen lachte.

„Ich glaube, der wäre froh, so freihändig regieren zu können!"

„Dann wäre er auch zuständig für kaputte Parkscheinautomaten. Das wäre unter Migiakis´ Würde!", sagte Angelos.

„Gut. Kommen wir zur Sache. Die Herren von ZACK haben tatsächlich etwas gefunden!"

„Die Leichenteilensammler?", fragte Angelos.

„Das klingt etwas despektierlich. Es ist wichtig für einen Juden, dass alle Teile beerdigt werden!"

„Das mag ja sein. Aber ich bin nicht erfreut, dass die Herren Erkenntnisse oder gar Beweisstücke außer Landes schaffen. Das war so nicht vereinbart", knurrte Angelos.

„Man hat das Beweisstück aus Versehen …", begann Cohen.

„Netter Versuch", ging Angelos dazwischen.

Gut. Der Mann mag kein Geplänkel.

„Sie wussten tatsächlich nicht, was dieses kleine Teil sein sollte. Ich gebe zu, sie hätten Sie informieren müssen, aber hätten Sie erkannt, was das ist?"

Cohen legte ein kleines, schwarzes Plastikteil auf den Tisch.

Angelos beugte sich nach vorne und besah das Teil. Er zückte sein Handy, fotografierte das Teil und vergrößerte das Foto.

Dennoch tat er sich schwer, die winzigen Buchstaben zu entziffern.

„C..H..U… CHUANCO! das ist eine Firma, die Lichtschranken herstellt", sagte er.

Respekt, dachte Cohen. Ich sollte ihn einstellen.

„Dann waren es auch keine Islamisten. Mir ist kein Anschlag bekannt, bei dem eine Lichtschranke verwendet wurde. Viel zu subtil. Die Herren mögen den großen Knall", sagte Angelos weiter.

„Wollen Sie nicht nach Tel Aviv umziehen?", fragte Cohen mit einem Lächeln.

„Das wäre mit meinem arabischen Mann etwas schwierig. Außerdem fährt man hier noch schlechter Auto als bei uns! Und es ist mir zu laut. Hupen scheint eine Art Nationalhobby zu sein!"

Angelos grinste.

„Die Dinger können per Funk aktiviert werden. Heißt: sie können dort schon länger gestanden haben. Obwohl: nein. An der Stelle gibt es keinen Fußweg. Die Touristen laufen auf der Straße. Und glauben Sie mir: die nehmen alles mit, was sie sehen. Können Sie mir eine Karte auf den Schirm holen?"

Cohen nickte. Angelos stand auf und sah auf die Karte seiner Insel.

„Besser wären Aufnahmen einer Drohne", sagte er und grinste.

„Rein zufällig haben wir …", begann Cohen.

„Ja. Und ich bin Rabbi von Beruf", antwortete Angelos.

„Bitte vergrößern!"

Der Blick von oben zeigte das Ausmaß der Zerstörung und instinktiv dachte Angelos an die Kosten für den Neubau. Die Stabilisierung des Hangs.

„Die Kameras in direkter Nähe sind alle zerstört. Aber am Stadion in Ornos ist eine Kamera auf die Straße gerichtet. Sie soll den Parkplatz abdecken, aber am oberen Rand könnte man eventuell etwas sehen. Natürlich kein Kennzeichen oder gar Gesichter. Aber ein Auto hält dort normalerweise nicht. Mit viel Glück könnten wir den Typ feststellen und mit anderen Kameras abgleichen. Nur: jeder weiß, dass die ganze Insel zugepflastert ist mit Kameras. Die Täter haben das bestimmt berücksichtigt!"

Angelos fuhr sich durch die pechschwarzen Haare.

„Wir müssen es von hinten aufzäumen. Wo wollte er hin? Der Grund für diese Fahrt war ein Anruf. Ein Mann, der sagte, er möchte einen Vertreter von uns sprechen. Er wüsste etwas, was enorme Wellen schlagen würde", sagte Cohen.

„Solche Anrufe kommen doch täglich, oder? Spinner und Wichtigtuer", antwortete Angelos.

„Natürlich. Jeder zweite hat den Plan der iranischen Atomanlagen und bietet sie für 100.000 Euro an!"

„Und bestimmt ist einer dabei, der anonym bleiben will und dann seine IBAN angibt", sagte Angelos und lachte.

Genau so ist es, dachte Cohen.

„Aber der Anruf war ernst zu nehmen, und zwar deswegen!"

Cohen tippte auf dem Keyboard herum.

Zu sehen war auf dem Bildschirm: ein Gemälde.

„Ein Modigliani?", fragte Angelos. „Es geht um ein Gemälde?"

„'Die Frau mit dem Fächer', gestohlen 2017 aus dem Pariser Museum für moderne Kunst. Und die Aufnahme ist nicht aus dem Museum, der Hintergrund ist ein ganz anderer!"

„Also wollte Dayan mit Herrn Unbekannt über gestohlene Gemälde sprechen. Nur: was interessiert das einen Geheimdienst, vor allem den israelischen?"

„Weil der Anrufer meinte, das Bild wäre nur der Schlüssel zu einem Politikum", sagte Cohen.

„Ich wüsste aber nicht, wie", antwortete Angelos.
„Wir auch nicht. Deswegen sollte Dayan ja mit dem Mann sprechen!"
„Und Sie haben keine Ahnung, woher das Gespräch kam?", fragte Angelos.
„Nicht bei herkömmlich eingehenden Gesprächen!"
Angelos hielt den Kopf etwas schräg.
„Sie erzählen mir aber jetzt nicht, dass Sie keinen Zugriff auf OTE-Daten haben!"
OTE ist die griechische Telekom.
Cohen grinste.
„Fühlt sich jetzt der Grieche beleidigt oder der Bürgermeister von Mykonos?"
„Wenn, dann Letzterer. Also, was wisst Ihr?"
„Wir kennen nur den Funkmast, über den das Gespräch lief. Es ist …"
Cohen tippte wieder auf dem Keyboard herum.
„Mein Griechisch ist schlecht. Agios … Ioannis, Mast 4. Hier wäre der Plan der OTE!"
Angelos schaute auf die Karte.
Es war das Villen-Viertel oberhalb des Strandes!
„Super. Der Mast deckt mindestens fünfzig Villen ab. Wenn der Anrufer nicht extra dorthin gefahren ist", wand Angelos ein.
„Das glaube ich nicht. Seine Identität wäre bei dem Gespräch ohnehin offenbart worden!"
Stimmt, dachte Angelos.
„Wir haben noch etwas anderes. Zum Zeitpunkt der Explosion lagen sehr viele Boote in der Bucht von Ra ,,,", begann Cohen.

„Rhenia. Eine unbewohnte Insel. Man kommt nur per Boot dorthin. Schöner Strand, deswegen fahren Yachtbesitzer gerne hin. Nicht ungewöhnlich!"

„Nun ja. Es sind die Yachten folgender Herren", sagte Cohen und reichte Angelos eine Liste.

„Oh Gott, das ist das ‚Who is who' der griechischen Wirtschaft, die meisten sind Reeder. Also Gauner", sagte Angelos.

„Aber was soll die Verbindung sein?", fragte er.

„Das ist das große Dreieck voller Fragen: Dayan, der Anrufer und diese Ballung von Yachten", sagte Cohen.

„Bei letzterem bin ich nicht überzeugt. Wir sollten uns auf den Anrufer konzentrieren", sagte Angelos.

Und dann kroch etwas aus seinem Gedächtnisraum nach vorne.

„Moment mal. Einer meiner Leute bekam einen Anruf, dass Karapatis, einer der Reichsten der Insel, angeblich tot sein soll. Aber das Personal sagte, er wäre jetzt in China, davor in Singapur", sagte Angelos und holte sein Handy aus der Tasche.

„Wen rufen Sie an?", fragte Cohen.

„Den Flughafen", antwortete Angelos.

„Nikakis. Hallo Yannis. Sag mal. Der Karapatis hat doch seinen Jet bei euch stehen. Ja? Gut. Dann schau bitte nach, wann die letzte Flugbewegung war. Ja, ich warte!"

Es dauerte nicht lange.

Letzter Flug vor zwölf Tagen. aus MAD.

„Madeira. Danke!"

„Wenn er tatsächlich nach China geflogen wäre, dann nur mit Linie. Das wäre dann ein Fall für euch. Alle Flüge von Athen oder Singapur nach China. Das sind eine Menge, weil man in Dubai, Doha oder sonstwo noch umsteigen kann. Obwohl: Ein Herr Karapatis steigt nicht um. Also nur Direktflüge. Kriegt Ihr das hin?", fragte Angelos.

Cohen griff bereits zum Telefon.

„Alle Flüge von Athen und Singapur nach China. Der Name ist Karapatis. Nur First und Business. Zeitraum die letzten elf Tage. Und bitte schnell!"

„Das wird ein bisschen dauern. Kaffee?"

Angelos nickte.

„Ich gehe mal kurz zu meinem Mann. Der wartet schon ewig!"

„Natürlich. Grüße. An beide", sagte Cohen.

Also auch an Gabriel. Über das Thema sprechen wir noch, dachte Angelos.

Im VIP-Raum saßen die beiden.

„Na endlich. Bist du bei denen jetzt angestellt?", knurrte Khaled.

„Ich bin auch einer von ‚denen'!", sagte Gabriel.

„Entschuldige, arabischer Reflex", antwortete Khaled.

„Mein Prinz, es dauert noch etwas. Aber es ist wichtig. Geht ihr schon mal zum Flugzeug. Dann können wir gleich loslegen", sagte Angelos.

„Bekomme ich dann eine Erklärung?", fragte Khaled.

„Aber ja doch", sagte Angelos und küsste Khaled.

Er ging zurück zum Besprechungsraum.

Cohen telefonierte.

Hoffentlich hat er etwas, dass ich endlich loskann, dachte Angelos.

„Keine Flugbuchung nach China. Wenn sein Jet die ganze Zeit auf Mykonos stand, heißt das …"

„ … er war nie da und der Anrufer könnte recht haben. Aber ich verstehe nicht, warum dann sein Personal sagt, er wäre nicht zuhause!"

„Dann sollte man das Haus etwas genauer ansehen. Wobei ich Ihnen ja nicht Ihre Arbeit erklären will, sorry", sagte Cohen.

„Nur dürfte der Durchsuchungsbefehl etwas schwierig werden. Wenn der Mann quietschfidel zuhause sitzt, gibt es mächtig Ärger!"

Angelos lächelte.

„Ach was. Wir haben seit Monaten keinen Richter mehr und die Vertretung in Naxos hat keine Lust auf eine Fahrt nach Mykonos. Daher habe ich ein paar Blankoformulare!"

Cohen lachte.

„Also doch eine Diktatur", sagte er.

19

Wenige Minuten nach dem Start erreichte der Jet die Flughöhe von 29.000 Fuß, die Khaled von der Flugsicherung zugewiesen bekommen hatte. Auch dieses Mal saß Angelos im Cockpit. Ansonsten wäre er hinten bei Gabriel gesessen und Khaled hätte dies bestimmt missfallen.

„Ich werde nie verstehen, warum der Steuerknüppel ‚Joystick' heißt. Ein ‚Joystick' ist meiner Meinung eher das hier", sagte Angelos und streichelte Khaled zwischen den Beinen.

Die Nase des Jets ging nach unten.

„Himmel. Bist du wahnsinnig? Wir sind nicht auf Autopilot", schrie Khaled.

„Gut. Der Co-Pilot wollte dem Piloten nur bei der Entspannung helfen. Dann gehe ich halt nach hinten. Dort sitzt jemand, der mich nicht anschreit", knurrte Angelos und verzog sich nach hinten.

„Spießer", murmelte er und setzte sich gegenüber von Gabriel in den Ledersessel.

„Na, wie war der Besuch in der Heimat?"

„Welche Heimat? Ich habe niemanden dort. Mein Job war mein Leben!"

Super. Der eine gereizt, der andere deprimiert. Ich möchte aussteigen, dachte Angelos.

Plötzlich leuchtete das Satellitentelefon.

Wer zum Teufel hat diese Nummer?

Als Angelos abhob, ging ein Ruck durch seinen Körper. Er nahm das Telefon und ging ins Cockpit.

„Herr Pilot, der Palast in Fudscheirah!"

Und das verhieß nichts Gutes.

So kam es auch. Es wurde laut.

„Es ist mir egal, ob du der Emir bist. Eigentlich wäre ich es. Also sei mir dankbar. Aber du hast es nicht einmal für nötig befunden, mir zur Hochzeit zu gratulieren. Ich habe ja keine Pressemeldung erwartet, aber ein Anruf wäre doch möglich gewesen, oder? Halt, ich vergaß, dass ich ein Perversling bin. Was bitte verschafft mir die Ehre mit Eurer Exzellenz telefonieren zu dürfen? Dem Gebieter aller Gläubigen in Fudscheirah?"

Angelos musste das Lachen unterdrücken. Er hatte Khaled noch nie richtig wütend gesehen – oder in diesem Fall gehört.

„JA. Und ich fahre nach Israel so oft ich will. Und das nächste Mal rufe ich das Fernsehen an. Ist dir das lieber?"

Khaled drückte das Gespräch weg.

„Arschloch", knurrte er.

„Ich hätte eine Frage", sagte Angelos.

„Woher weiß dein Bruder, dass wir in Israel waren?"

„Ich habe nicht die leiseste Ahnung", sagte Khaled.

Von den Israelis sicher nicht. Die haben selbst die Lokalreporter in Haifa verjagt.

Seltsam.

20

Karapatis´ Villa auf dem Hügel oberhalb von Agios Ioannis war eine Ausgeburt von Hässlichkeit. Man hätte darüber lachen können, wäre sie nicht das sichtbare Zeichen von Selbstüberschätzung.

Das Ding sieht aus wie eine Südstaatenvilla aus Georgia, dachte Angelos. Und ich hätte diese Monstrosität sicher nicht genehmigt. Viel zu hoch und diese lächerlichen dicken Säulen, die wohl an die Akropolis erinnern sollten. Ich bin griechischer Patriot, sollte das Ganze wohl vermitteln. Und natürlich stand davor ein riesiger Fahnenmast mit der griechischen Fahne. Im Grunde genommen eine deutsche – oder besser: bayerische Fahne. Der bayrische König war gleichzeitig König von Griechenland und nahm seine Farben mit ins Land der Hellenen.

Das Durchsuchungsteam bestand aus Angelos, Khaled, Gabriel und Levi. Um unnötigen Ärger zu umgehen, trugen die beiden Israelis griechische Polizeiuniformen.

„Knackig", sagte Angelos zu Gabriel, um ihn etwas aufzuheitern.

Natürlich gab es keine Klingel, sondern einen überdimensionierten Türklopfer.

Eleni öffnete. Sie war eine einfache Frau, auf Mykonos geboren, und stammte aus Ano Mera. Sie war als fantastische Köchin bekannt und deswegen hatte Karapatis sie auch eingestellt.

„Herr Bürgermeister! Was wollen Sie denn hier? Der Chef ist in China!"

„Keine Aufregung, Eleni. Wir haben einen Durchsuchungsbefehl. Herr Karapatis hat nichts angestellt, aber wir müssen absolut sicher sein, dass er nicht hier ist", sagte Angelos.

„Und dazu brauchen Sie vier Mann? Er ist nicht hier! Er ist in China!"

„Und woher wissen Sie das so genau?", fragte Angelos.

„Von Christos!"

Christos war der Hausmeister. Und der Gärtner.

„Er hat einen Anruf bekommen", sagte Eleni.

„Von ihm selbst?", hakte Angelos nach.

„Das müssen Sie ihn fragen, aber er hat heute seinen freien Tag. Die nehmen wir immer, wenn der Herr nicht da ist, sonst kommen wir ja nicht dazu!"

„Hand aufs Herz, Eleni. Wieviel zahlt er dir?", fragte Angelos vorsichtig, aufs „Du" schwenkend.

„Er ist sehr großzügig. 900 Euro!"

Angelos überlegte kurz, ob ein Hauch von Ironie zu hören war. Er ging zu Khaled und redete leise mit ihm.

„Eleni. Würdest du für 1200 Euro zu uns kommen. Du müsstest nur halbtags arbeiten, einmal kochen und auf den Garten schauen. Dann hättest Du mehr Zeit für deine Enkel!"

Eleni war perplex.

„D-Das i-ist, das kommt überraschend. K-kann ich es mir überlegen?"

„Na klar. Es eilt nicht. Jetzt zurück zu Karapatis. Du hast ihn also nicht gesehen?"

„Nein. Ich putze jeden Winkel. Das wäre mir wohl aufgefallen. Aber Sie können gerne selbst nachsehen, Herr Bürgermeister!"

„Khaled, du mit mir. Gabriel und Levi, ihr schaut in den Garten und um das Haus!"

„Zu Befehl, Herr Bürgermeister", flüsterte Khaled grinsend in Angelos´ Ohr.

„Zwanzig Peitschenhiebe", erwiderte Angelos.

„Aber gerne. Dürfen auch dreißig sein!"

Sie gingen durch die Räume im Erdgeschoss. Eine wirre Mischung aus Modernität und traditionellen griechischen Möbeln.

„Tja, reich ist nicht gleich Geschmack", sagte Khaled. Und er hatte recht.

Im Obergeschoss lagen die Büros mit zahlreichen Monitoren an der Wand und das Schlafgemach, eine moderne Spielwiese mit Jacuzzi daneben.

„Das fehlt uns noch", sagte Khaled.

„Als ob der Pool nicht reichen würde", antwortete Angelos.

„Sag mal, was fällt dir auf?", fügte er hinzu.

„Es ist kalt, also, ich meine die Räume. Ehrlich gesagt auch ziemlich leer", bemerkte Khaled.

„Exakt. In den Büros stehen zwei Computer und sonst nichts. Ein alter Mann arbeitet bestimmt nicht mit Clouds und USB-Sticks. Vor allem dann nicht, wenn er seit 50 Jahren im Geschäft ist. Das passt überhaupt nicht!"

„Das einzig persönliche sind die Bilder unten auf der Kommode", sagte Khaled.

„Damit hast du vollkommen recht, mein arabischer Kommissar", antwortete Angelos schmunzelnd.

„Ironie?", fragte Khaled zweifelnd.

„Mein voller Ernst. Komm, wir gehen nach unten!"

Im Erdgeschoss putze Eleni gerade.

„Wo geht's zum Keller?", fragte Angelos.

„Hier gibt´s keinen Keller", antwortete sie.

„Hat er noch ein zweites Anwesen oder ein Büro?", hakte Angelos nach.

Eleni schüttelte mit dem Kopf.

Angelos deutete auf den Aufzug.

„Also geht der nur in den ersten und zweiten Stock hoch?", fragte Khaled.

Eleni nickte.

„Es gibt also nur das kleine Gerätehaus neben der Einfahrt?", setzte Angelos nach.

Erneut nickte Eleni.

„Gut, dann gehen wir nach draußen!"

„Ziemlich viel Haus für so wenig Inhalt", bemerkte Khaled.

„Exakt. Hier ist etwas faul", stellte Angelos fest.

Die Hoffnung Gerätehaus erwies sich ebenfalls als Fehlschlag, denn Levi und Gabriel hatten alles herausgeräumt. Gabriel sagte nur: „Nichts"!

„Das kann nicht sein", stellte Angelos fest. „Er muss hier sein! Wartet!"

Er ging zum Auto und kam mit dem Nachtsichtgerät zurück.

„Etwas früh dafür, oder?"

„Warte es ab!"

Angelos setzte sich den Helm auf und ging nach hinten zum Garten.

„Was macht er da?", fragte Levi.

„Ich habe nicht die leiseste Ahnung", antwortete Khaled.

Plötzlich nahm Angelos das Gerät ab und reichte es Khaled.

„Jetzt schau mal du!"

Khaled nahm den Helm und ging dieselbe Strecke ab.

„Was hast du gesehen?", fragte Levi.

„Vier Stellen sind etwas heller, was bedeutet …"

„… kühler", ergänzte Levi.

Angelos nickte.

„Das interessante ist: die vier Stellen bilden ein Rechteck!"

„An manchen Stellen ist es heller", schrie Khaled gegen den lauter werdenden Wind an.

„Geh bitte zu einer Stelle und bleib da", sagte Angelos.

Alle drei gingen zu Khaled und tasteten die kleinen Steine ab, die zwischen die Kakteen gepflanzt waren. Etwas anderes wuchs auf Mykonos nicht mehr, denn sowohl Wind als auch die Sonne hatten in den letzten Jahren gewaltig an Kraft zugelegt.

„Es ist tatsächlich etwas kälter. Aber zu sehen ist nichts", sagte Levi.

Plötzlich hielt er ein Stück Gitter in der Hand. Er schüttelte es, aber die Steine darüber fielen nicht herunter.

An der Stelle, an der das Gitter befestigt war, sah man nichts, außer dem Anfang eines Rohres, aber man spürte die kühlere Luft nun deutlicher.

„Da hätten wir es. Fast perfekt. Wir haben also vier Lüftungsrohre, was bedeutet …"

„…, dass es doch einen Keller gibt!"

Angelos nickte.

Aber etwas war seltsam an der Luft, die aus dem versteckten Raum kam.

Sie roch nach Leiche.

21

Das ist doch ganz einfach. Ihr habt doch bestimmt digitalisierte Baupläne. In ein paar Minuten hätten wir sie auf dem Notebook", sagte Levi – mit der Naivität eines Nichtgriechen.

Und tatsächlich begann Angelos zu lachen. „Bis vor fünf Jahren gab es nicht mal ein Katasteramt, die Hälfte der Bauten sind schwarz errichtet und die Herren Millionäre bauen ohnehin wie sie wollen. Es gibt keine Baupolizei …"

„Halt! Ich hab´s begriffen", sagte Levi.

„Und selbst wenn. Wer einen geheimen Keller bauen möchte, wird ihn nicht in den Bauplan eintragen", ergänzte Khaled.

„Also: wir haben einen Keller und vier Röhren. Der Eingang könnte überall sein. Ein Bagger?" Angelos schüttelte den Kopf.

„Ochi. Und wenn Karapatis doch noch lebt? Dann macht er mir die Hölle heiß, wenn er einen umgegrabenen Garten sieht. Durchsuchungsbefehl heißt nicht Grabungsbefehl", sagte Angelos. „Khaled?"

„Der Aufzug. Der Schacht muss ja bis unten gehen!"

„Es gibt aber nur Klappen nach oben", wand Gabriel ein.

„Wartet. Ich habe eine Idee. Schau mal im Netz nach ‚Schenker Ägäis oder Athen'", sagte

Angelos. Eine Minute später hatte Khaled das Ergebnis.

„Athen!"

„Gut. Dann schauen wir uns jetzt den Aufzug an. Auf geht´s", sagte Angelos. „Hoffentlich ist es ein ‚Schenker'!"

Angelos hätte beruhigt sein können. Er hatte auf Mykonos noch nie einen anderen Aufzugstyp gesehen.

Es gab nur die Tastaturfelder 0,1 und 2. Daneben zwei Steckplätze für Schlüssel.

„Ok, der normale Aufzug läuft, ist also aufgeschlossen. Der zweite Schlüssel setzt den Aufzug automatisch in Betrieb, und zwar nach unten, deswegen kein Knopf oder Feld!", sagte Angelos.

„Und den zweiten Schlüssel hat Karapatis. Der vielleicht da unten liegt", erwiderte Khaled.

„Wir brauchen keinen Schlüssel", meinte Angelos und drückte den Notrufknopf.

Es dauerte gut zwei Minuten, bis eine Stimme sagte: „Schenker, Athen. Was ist Ihr Problem!"

„Karapatis, Mykonos. Ihr blödes Ding ist im Keller steckengeblieben. Und ich stehe darin. Also schicken Sie SOFORT einen Mechaniker!"

Angelos´ Stimme war schneidig und er brüllte fast.

„Äh, laut meinem Display steht der Aufzug im Erdgeschoss und ich kann keinen technischen Fehler sehen", sagte die Stimme etwas eingeschüchtert.

„WOLLEN SIE BEHAUPTEN, DASS ICH LÜGE?? Sie wissen wohl nicht, mit wem Sie sprechen. Rufen

Sie Ihren Vorgesetzten an und sagen Sie ihm nur den Namen Karapatis. Ende!"

Angelos grinste.

„Ich schätze, es dauert eine Minute!"

Es wurden zwei.

„Herr Karapatis. Es macht sich sofort ein Techniker auf den Weg. Aber der nächste Flug ist erst in zwei Stunden!"

„Dann mieten Sie einen Hubschrauber. Rechnung an mich. Ich warte! Ende!"

Levi lachte.

„Und wer zahlt den Hubschrauber?"

„Herr Karapatis oder sein Erbe", erwiderte Angelos.

Dann rief er Eleni.

„Eleni. In Kürze kommt ein Techniker für den Aufzug. Der glaubt, ich sein Herr Karapatis. Bitte verraten Sie mich nicht!"

Eleni lächelte.

„Unser Bürgermeister und seine speziellen Methoden. Aber keine Sorge, ich sage nichts!"

78 Minuten später war der Techniker da.

Angelos spielte den wütenden Millionär.

„Na endlich. Plötzlich fuhr er wieder ins Erdgeschoss. Aber zur Kontrolle checken Sie das Ding und fahren mit mir noch einmal runter!"

„Ich bin also umsonst gekommen?", fragte der Techniker.

Angelos schaute, als stehe er kurz vor der Explosion.

Vor sich her schimpfend holte er 100 Euro aus der Tasche und sagte ungeduldig: „Können wir jetzt bitte?"

Der Techniker und Angelos gingen zum Aufzug.

„Ich habe den Schlüssel irgendwo hingelegt", sagte Angelos. „Los, nehmen Sie Ihren!"

Der Mann gehorchte und die beiden fuhren nach unten. Es gab nur ein Untergeschoss.

Die Aufzugstüre öffnete sich.

Der Techniker verzog das Gesicht.

„Gott, nach was stinkt es denn hier?"

Nach Leiche, dachte Angelos.

Er verließ den Aufzug, hielt sich ein Taschentuch vor die Nase. Er brauchte nicht lange zu suchen. Neben einem Glastisch lag eine Leiche. Ohne Kopf. Der lag gut einen Meter entfernt.

Er ging zurück zum Aufzug.

„Da liegt eine Leiche. Ich muss die Polizei rufen. Aber die wollen sicher den zweiten Schlüssel haben. Außer Ihnen hat keiner einen, oder?", fragte Angelos.

„N-nein", antwortete der Techniker, der zu würgen begann.

„Das macht es einfach: entweder sind Sie der Mörder oder ich!"

Der Mann erbleichte.

„War ein Scherz. Geben Sie mir den Schlüssel. Hier haben Sie noch einmal 200 Euro. Sie fliegen zurück und vergessen das Ganze!"

Oben angekommen stürmte der Mann regelrecht aus dem Haus. Angelos grinste.

„Aufzugsfahrt gefällig, die Herren?"

Khaled, Gabriel und Levi stiegen in den Aufzug.

„Und was finden wir unten?", fragte Khaled.

„Halt das Taschentuch vor die Nase. Eine Leiche – nur ohne Kopf", sagte Angelos.

„Karapatis?", fragte Levi.

Angelos nickte.

„Klar. Er lächelt sogar. Ich kannte bisher nur das wütende Gesicht!"

22

Khaled übergab sich auf den Boden. Er hatte zwar schon Tote gesehen, aber eine Köpfung ist nun mal etwas anderes. Hinzu kommt die enorme Menge an Blut, die austritt, da das Herz erst mit Verzögerung seine Arbeit einstellt.

„Geh nach draußen", sagte Angelos, aber Khaled schüttelte den Kopf.

„Dann sagst du wieder, ich sei ein verwöhnter Prinz!"

„Hab ich das jemals gesagt?", fragte Angelos.

„Nein, hast du nicht. Aber ich bleibe hier!"

„Gut! Könntest du die Kondomparade aus dem Auto holen?"

Angelos meinte die Spezialanzüge und die Handschuhe zur Spurensicherung.

Levi hatte sich bereits über den Körper gebeugt. Angelos kniete sich neben ihn hin.

Er wischte mit einem Taschentuch eine Stelle an der Kante des Körpers ab.

„Unregelmäßiger Schnitt. Drahtseil oder Garotte. Obwohl, nein, bei einer Garotte wären Druckstellen zu sehen", sagte Angelos.

Levi nickte.

„Bei einem Messer wären es mehrere gerade Schnitte. Bei einem Schwert ein durchgehender. Nein, es war definitiv ein Drahtseil. Und es ging nicht schnell, denn der Mann hat sich gewehrt", sagte er.

Ja, dachte Angelos. Zuerst versucht das Opfer die Finger unter das Seil zu bringen, es trennt die Finger ab und dann schneidet sich der Draht durch den Kehlkopf. Bis die Halsschlagader erreicht ist, aber auch beim Verbluten ist man noch am Leben.

„Diese Dinger gibt es jetzt schon mit Fern-steuerung. Man kann den Draht von hinten über den Kopf werfen – auf der Straße! - und drückt dann auf einen Knopf", erklärte Gabriel.

„Schöne, neue Welt", bemerkte Angelos.

„Immerhin sind Fußspüren zu sehen durch das viele Blut", sagte Khaled.

„Das war ein Profikiller. Und die verwenden Massenware, die nicht zurückzuverfolgen ist. Fußabdrücke bringen heutzutage gar nichts mehr", antwortete Angelos.

„Wie kam der Mörder hier herunter? Wir haben ewig gebraucht, um den Raum überhaupt zu finden!", sagte Levi.

„Dann muss es doch einen Plan des Hauses geben", meinte Khaled.

„Nein, Khaled. Der Grund ist ein ganz anderer: der Mann war schon einmal hier. Er hat das Modell des Aufzugs gesehen und sich dann den Schlüssel besorgt. Wir haben es schließlich auch geschafft!", sagte Angelos.

„Moment mal. Du sagst, der Mörder war Profi, ein Killer. Wieso sollte Karapatis einen Profikiller hier unten empfangen?", fragte Levi.

„Ganz einfach: um selbst einen Auftrag zu erteilen", antwortete Angelos. „Und nun hat ein anderer Auftraggeber denselben Herrn gebucht, um Karapatis zu töten. Anders kann es nicht sein. Die Leute im Haus wissen nichts. Es gibt keine Pläne. Die Bauleute von damals sind alle tot. Es muss jemand gewesen sein, der schon einmal hier war. Und dieser Mann war und ist offensichtlich ein professioneller Mörder!"

„Der auch für das Attentat auf den Botschafter verantwortlich war", meinte Gabriel.

Aber Angelos schüttelte den Kopf.

„Das glaube ich nicht. Trotz der kühlen Temperatur ist Karapatis mindestens eine Woche tot. Und kein Profikiller bleibt anschließend noch fünf Tage in der Nähe des Tatorts!"

„Vielleicht ist ja die Armbanduhr beim Sturz stehengeblieben", schlug Khaled vor.

„Gute Idee", meinte Angelos, „aber das ist eine Rolex. Da kannst du einen Pflasterstein darauf werfen!"

Tatsächlich zeigte die Uhr die aktuelle Zeit.

„Also: der Klassiker bei der Mordermittlung. Das Mittel: eine Drahtgarotte. Gelegenheit: ein Besuch in Karapatis´ fast unbekanntem Keller. Bleibt das Motiv", sagte Angelos.

„Raub kann es nicht sein, denn Raubmörder verwenden keine Stahldrähte. Im Übrigen hängen die ganzen Gemälde noch an der Wand. Safe sehe ich auch keinen!"

„Und jetzt?", fragte Khaled.

„Wir lassen die Leiche hier und stellen die Klimaanlage hoch. Maden kommen hier nicht rein. Wenn bekannt wird, dass neben dem Botschafter auch noch der reichste Mann der Insel ermordet wurde, stellen die Medien eine Verbindung her!", sagte Angelos.

„Gibt es denn eine?", fragte Levi.

„Natürlich gibt es eine!"

„Du meinst, Dayan wollte zu Karapatis? Was sollte er hier wollen?", fragte Khaled.

„Das finden wir heraus. Aber Dayan wollte definitiv hierher", sagte Angelos.

Er hielt einen Terminplaner hoch, der neben der Leiche lag. Dort stand deutlich: Mittwoch, 15.00 Uhr: DAYAN.

Erstaunlich nur: der Name stand dort auf Hebräisch.

23

ivinos´ Yacht lag noch immer in der Bucht von Rhenia. Menos war zwischenzeitlich zurück auf seine Insel bei Samos gefahren, hielt es aber für angemessen, Livinos einen Besuch abzustatten.

Als er die Bucht erreichte, stand er an Deck. Menos schüttelte den Kopf.

Der Idiot ist so von sich überzeugt, dass es ihm sicher gefällt, den Ermittlern vor die Linse zu laufen, ohne dass diese auch nur ahnen, dass er etwas damit zu tun haben könnte.

Er reißt uns alle mit in den Abgrund.

Menos fuhr mit dem Beiboot zur „Sophia".

Livinos stand an der Reling wie ein glücklicher Urlauber, mit einem Cocktail in der Hand.

Neureiches Arschloch, dachte Menos.

„Hältst du es für klug, hier zu erscheinen?", fragte Livinos.

„Hältst du es für klug, hier zu bleiben?", lautete Menos´ Gegenfrage.

„Gibt es einen schöneren Strand als Rhenia?", fragte Livinos.

„Ich habe andere Sorgen", knurrte Menos.

„Man muss das Leben genießen. Das hat deine Generation nie verstanden", stichelte Livinos.

„Deswegen sind wir immer noch am Leben. Weil wir vorsichtig handeln. Und keine Show abziehen", gab Menos zurück.

Livinos seufzte.

„Es gibt nicht das geringste Problem. Die Aktion gegen die Chinesen läuft nach Plan!"

„Es geht nicht um die Chinesen", sagte Menos laut.

„Wenn du noch lauter schreist, hört man dich noch auf Mykonos", murrte Livinos.

„Gehen wir nach unten!"

Als sie unter Deck waren, baute sich Livinos vor dem deutlich kleineren Menos auf.

„Die Zeit der Alten ist vorbei. Du bist Vergangenheit, wir Jungen sind die Zukunft!"

„Ach ja? Achtzig Jahre haben wir ‚Alten' das Feld beackert, auf dem Ihr geerntet habt", sagte Menos. „Und ich werde nicht zulassen, dass Ihr alles zerstört als Folge eurer Selbstsucht!"

Livinos lachte.

„Menos. Zu deiner Zeit ging es noch um ein paar Kähne aus dem Weltkrieg. Heute reden wir über künstliche Intelligenz und sehen uns einer Gefahr gegenüber, die uns vernichten kann, nämlich die Chinesen!"

„Als wüsste ich das nicht. Schau mal in die Aufnahmen der Sitzungen Anfang der 80er. Da lag China noch am Boden, aber ich habe gewarnt. Die werden uns überrollen. Und jetzt, fast vierzig Jahre später, kommt Ihr endlich zur selben Erkenntnis!"

Livinos schnaubte.

„Bist du hier, um mir die Weltlage zu erklären?", fragte er.

„Nein. Es gibt einen aktuellen Anlass", knurrte Menos.

„Und der wäre?", fragte Livinos spitz.

Menos grinste.

„Nikakis hat die Leiche entdeckt!"

Livinos zuckte mit den Schultern.

„Na und? Das war schon klar, dass man die Leiche irgendwann findet!"

„Ach? Ich kann mich erinnern, dass ein Herr Livinos behauptet hat, es könnte Monate dauern bis Karapatis gefunden wird, wenn überhaupt!"

Livinos wurde wütend.

Wie zum Teufel hatte der Kleinstadt-Kommissar das Untergeschoss entdeckt? Zufall.

„Na und? Gut. Herr Karapatis ist ermordet worden. Eine schreckliche Tat, gewiss!"

Livinos grinste.

„Ich bin noch nicht fertig. Ich weiß, dass er vermutet, es sei ein Profikiller gewesen!"

„Was für eine gedankliche Großtat. Kein Kleinkrimineller benutzt eine Draht-Garotte", ätzte Livinos.

Aber Menos hatte eine Vorliebe für Theatralik und genoss es, dass Livinos nun doch verunsichert war.

„Es geht noch weiter!"

Pause. Menos lächelte.

Auch wenn die Ereignisse auch ihn in Schwierigkeiten brachten: er hatte eine diebische Freude daran, Livinos schwitzen zu sehen. Der Urlauber mit Cocktail wurde sichtlich nervös.

„Nikakis weiß, dass es eine Verbindung zwischen Karapatis und dem Botschafter gibt!"

Livinos erschrak. Menos konnte es an seinem Gesicht lesen.

„Woher weißt du das? Das kann gar nicht sein!"

„Ein Grund für das Überleben der ‚Alten' ist, dass sie ihre Quellen nie preisgeben. Aber die Informationen stimmen!"

Livinos wusste, dass Menos nicht damit herausrücken würde.

„Es ist wichtig für unseren Kreis", sagte er.

„Deswegen sage ich es dir ja. Dein Profi hat wohl etwas sorglos gehandelt. Oder hast du ihm nicht gesagt, er soll nach Unterlagen schauen, die auf ein Treffen hinweisen?", ätzte Menos.

„Wie ist diese Schwuchtel darauf gekommen. Könnte der gnädige Herr mir das bitte sagen?"

Köstlich, dachte Menos.

„Durch einen Eintrag im Notizbuch", sagte er.

„Das kann nicht sein. Ich habe den Mann angewiesen, nach Unterlagen zu suchen, insbesondere Karapatis´ Terminplan!"

Wieder lächelte Menos.

Informationsvorsprung ist etwas Großartiges.

„Kann schon sein, dass er gesucht hat. Und den Terminkalender studiert hat. Aber offensichtlich kann der Herr mit der Garotte kein Hebräisch!"

„Was bitte? Wieso sollte Karapatis in Hebräisch schreiben? Er ist Grieche. Das ist absurd!", schrie Livinos.

„Geht´s noch lauter?", fragte Menos.

„Seine Tochter hat Judaistik studiert. Er hat Hebräisch gelernt. Eine Sprache, die keiner spricht oder schreibt, kann sehr nützlich sein. Zum Beispiel in einem Terminkalender! Die beiden unterhielten sich oft auf Hebräisch, wenn sie nicht wollten, dass das Personal oder Gäste etwas verstanden!"

„Tja, und in Karapatis´ Kalender stand unter Mittwoch: Botschafter Dayan. Nur eben auf …"

„…Hebräisch. Ich hab´s kapiert", knurrte Livinos. Nikakis hatte also eine Verbindung. Herrgott!

„Und unterstehe dich, deinem Garottenmann den Befehl zu geben, Angelos Nikakis zu töten. Das ist nur das letzte Mittel. Du weißt, dass der Premier ihm verbunden ist. Außerdem würde jeder Idiot begreifen, dass es Zusammenhänge gibt. Also warne ich dich", sagte Menos.

„Hoffentlich quetscht Nikakis nicht Karapatis´ Tochter aus. Was rede ich da. Er weiß ja nicht mal, dass es eine gibt", meinte Livinos. „Das ist zwanzig Jahre her und sie hat zwei Mal den Namen gewechselt!"

„Träum weiter", antwortete Menos.

Tatsächlich hatte Angelos Nikakis bereits am Tag zuvor von Karapatis´ Tochter erfahren. Es ist sehr nützlich, wenn man Kommissar UND Bürgermeister ist. Die Menschen erzählen einem Bürgermeister mehr als einem Kommissar. Meist Tratsch, aber mitunter auch Nützliches.

24

Angelos deutete auf die Bilder an der Wand.
„Ich denke mal, ganz koscher sind die Gemälde nicht!"
„Was hat man denn von solchen Bildern, wenn man sie in einem Keller wegsperrt und du sie anderen nicht präsentieren kannst?", fragte Khaled.
„ER konnte sie sehen und das reicht dieser Klientel. Es geht um das exklusive Besitzen. Nicht um das Herzeigen vor Gästen oder gar der Öffentlichkeit. Die meisten gestohlenen Bilder landen in Privatbesitz. Ich hatte mal einen Fall, in dem es um einen Van Gogh ging. Die Kunstexpertin meinte, dass der Großteil der aus Museen geraubten Gemälde sogar auf Bestellung gestohlen werden. Die Privatsammler würden nie auf Auktionen erscheinen, nicht mal als anonyme Bieter. Die Beute wird auch selten auf dem Hehlermarkt angeboten. Privatsammler möchten damit nichts zu tun haben. Ich denke, viele haben kein Unrechtsbewusstsein. Nur sie können den Wert der Kunst richtig einschätzen. Einige fühlen sich als Retter der Gemälde", sagte Angelos.
„Und noch immer ist bei vielen Bildern die Frage der Provenienz ungeklärt, selbst in Museen. Die Kunstexpertin meinte, viele berühmte Museen verschweigen bestimmte Aspekte der Herkunft", fügte er an.

„Du meinst Raubkunst? Gemälde, die die Nazis gestohlen haben?", fragte Khaled.

„Das Meiste gehörte Juden", murmelte Levi.

„Auch. Aber man hat im Krieg systematisch Museen ausgeraubt. In allen Ländern – außer in Griechenland", entgegnete Angelos.

„Warum?", fragte Levi.

„Man weiß es bis heute nicht. Aber die Vermutungen sind nicht sehr schmeichelhaft für uns Griechen", meinte Angelos.

Er ging zu einem der Bilder.

„Das scheint mir ein Modigliani. Ich weiß zwar nicht, ob er echt ist, aber ein Karapatis hängt keine Kopie auf!"

Insgesamt hingen zwölf Gemälde an den perfekt ausgeleuchteten Wänden.

„Ok. Man sitzt also hier und onaniert geistig", sagte Khaled.

„Sehr bildlich gesprochen. Aber ja: so ist es im Grunde!"

„Es geht in dem Fall also um Gemälde? Aber wie passt der Botschafter hier hinein?", fragte Levi.

„Keine Ahnung. Und die Brutalität spricht eher dagegen. Man stiehlt, ja. Es geht um viel Geld, ja. Aber eine Köpfung mit Draht? Und vor allem: Warum lässt der Mörder die Bilder hängen? Er hätte sie nur ausschneiden müssen, in eine Rolle packen – fertig", sagte Angelos.

„Man schneidet einfach aus? Mit einem Teppichmesser vielleicht?", fragte Levi ungläubig.

„Ja. Das Teppichmesser wird oft benutzt. Der Rahmen ist meist von geringem Wert", antwortete

Angelos. „Bei dem speziellen Fall wurde einem Privatsammler selbst ein Bild gestohlen, bei dem sich herausgestellt hat, dass er es selbst auf zweifelhaftem Weg erworben hat!"

„Und was ist passiert?", fragte Levi.

„Es ist eines der wenigen Gemälde, das gefunden wurde. In einem Bankschließfach in Zürich!"

„Wie überraschend", bemerkte Gabriel. „Wie seid ihr da reingekommen?"

„Ich habe mit dem Bankier geschlafen", sagte Angelos lapidar und blickte in entsetzte Gesichter. „Das war ein Scherz! Wir hatten einen Hinweis auf den Auftraggeber. Das Schließfach gehörte auf dem Papier seiner Frau. Wir haben sie überzeugt, mit uns zusammenzuarbeiten. Dafür bekam sie eine neue Identität, denn ihr Mann war Russe und kein zimperlicher!"

„Und der Bestohlene bekam das Bild zurück?", fragte Levi.

„Nein. Er hatte das Bild ja selbst stehlen lassen. Wir konnten es ihm nicht nachweisen, aber es gehörte definitiv nicht ihm. Da er kein Unrechts-bewusstsein hatte, hielt er sich tatsächlich für das Opfer", sagte Angelos.

„Ich schlage vor, Ihr schnappt euch die Notebooks und schaut bei Interpol nach verschwundenen Gemälden und vergleicht sie mit denen an der Wand. Ich bin mir sicher, es gibt mehrere Treffer. Wir müssen es wissen, bevor irgendein Erbe kommt und die Dinger verschwinden lässt oder verkauft!"

„Sollen wir dann Interpol informieren?", fragte Levi.

„Nein. Schritt für Schritt. Es eilt ja nicht. Viele Bilder werden seit Jahrzehnten vermisst, da kommt es auf ein paar Tage nicht an", sagte Angelos.

„Ich fahre hoch und frage Eleni etwas aus. Familie, Besucher und so weiter. Haushälterinnen wissen meist alles!"

25

„Sie müssen mich doch nicht bedienen, Herr Bürgermeister", protestierte Eleni.

„Das mache ich auch nur heute, keine Sorge", sagte Angelos und stellte die zwei Espressi auf das Tablett.

„Und jetzt gehen wir auf die Terrasse!"

„Aber ich kann mich doch nicht an den Tisch von Herrn Karapatis setzen. Das ziemt sich nicht", meinte Eleni.

Herr Karapatis hat sicher nichts dagegen. Er hat nichts mehr gegen Irgendetwas, dachte Angelos. Noch hatte er Eleni nichts von der Leiche erzählt.

Angelos wusste: aus einer hysterischen Frau würde er nichts herausbekommen.

„Setzen Sie sich! Haben Sie sich mein Angebot schon durch den Kopf gehen lassen?"

„Es gefällt mir sehr. Nicht wegen des besseren Lohns, aber ich hätte mehr Zeit für meine Kleinen. Nur: Herr Karapatis wäre mehr als verärgert und er ist ein mächtiger Mann!"

„Ich etwa nicht?", fragte Angelos.

Eleni lief rot an und begann zu stammeln.

Aber Angelos beruhigte sie:

„Das war ein Witz. Daran müssen Sie sich gewöhnen. Ich habe Herrn Karapatis vorher gefragt und er hat zugestimmt, wenn auch schweren Herzens. Er sieht ein, dass er von Ihnen zu viel verlangt. Er hat genickt!" Was stimmte, nur hing an dem Kopf nichts mehr dran.

„Ich habe nur Bedenken, weil …", sagte Eleni.

„… es ein Haushalt mit zwei schwulen Männern ist?"

„Nichts, dass ich etwas gegen … Gar nicht, aber ich weiß nicht, was …"

„Wir laufen nicht nackt herum, keine Sorge", sagte Angelos lachend.

„Eleni. Es deutet vieles darauf hin, dass Ihr Chef tot ist!"

Zum Beispiel ein loser Kopf, dachte Angelos.

„Ich wäre Ihnen dankbar, wenn Sie noch hierbleiben, bis wir Klarheit haben und ein Erbe übernimmt!"

Es dauerte ein wenig, bis Eleni die gehörten Worte sortieren konnte.

„Liegt er da unten?", fragte sie.

„Nein", log Angelos, „aber es gibt Hinweise. Mehr kann ich nicht sagen!"

„Schade, dass er es nicht geschafft hat, sich mit seiner Tochter zu versöhnen. Sie heißt Anna!"

„Die Fotos auf der Kommode. Ist sie das?"

Eleni nickte.

„Er ist darüber nie hinweggekommen. Das ist gut zwanzig Jahre her. Ich weiß es nicht mehr genau!"

„Wie lange arbeiten Sie schon für Herrn Karapatis?", fragte Angelos.

„Seit 1986. Es war kurz nach meinem dreißigsten Geburtstag. Anna war damals noch ein Kind. Ich schätze, sie war um die zehn. Als sie älter wurde, rebellierte sie. So wie es die meisten Kinder tun. Aber im Haus war keine Mutter, die war kurz nach Annas Geburt gestorben. Sie war die meiste Zeit allein, denn Herr Karapatis hatte nur seine Geschäfte im Sinn und war dauernd unterwegs. Ich verstand mich gut mit ihr, ich war ihre Ersatzmutter, aber ich hatte selber Kinder. Ich wollte, ich hätte verhindern können, was dann passiert ist!"

„Erzählen Sie bitte weiter", sagte Angelos. Zeugen niemals beim Erzählen unterbrechen, das hatte er schon als Polizist in Saloniki schnell gelernt.

„Wie gesagt, sie hat rebelliert. Der Vater hat geglaubt, mit teuren Geschenken seine Abwesenheit ausgleichen zu können, aber Anna hat sich nie viel aus Luxus gemacht. Sie hat ihr Zimmer immer selbst geputzt. Ich durfte nicht einmal ihre Wäsche bügeln. ‚Du bist keine Sklavin.

Wir leben nicht mehr im Mittelalter', hat sie einmal gesagt. Dann kamen die Fragen nach der Herkunft des Reichtums. Sie regte sich auf über die Hungerlöhne, die die Matrosen bei ihrem Vater verdienten. Sie hat gefragt nach den Gemälden. Damals hingen einige im Erdgeschoss. Die waren wohl sehr wertvoll, ich kenn' mich damit nicht aus. Eines Tages waren sie weg, nach einem Riesenkrach. Irgendetwas stimmte mit einem der Bilder nicht. Richtig schlimm war es schon einmal vorher, als dieser Schreiberling auftauchte und Fragen stellte. Er war vor einem der linken Schmierblätter. Ich glaube, er war sogar Kommunist! Aber wann das genau war …"

Sie zuckte mit den Schultern.

„Wissen Sie noch, wie er hieß?", fragte Angelos, aber Anna schüttelte den Kopf.

Schade. Die Artikel hätten mir geholfen, dachte er.

„Der Name der Zeitung vielleicht?"

„Es tut mir leid. Ich bin ja nur die Haushälterin. Aber der Journalist hat irgendetwas herausgefunden und Anna ist regelrecht ausgeflippt. Karapatis bot ihm Geld, aber das hat Anna noch mehr aufgebracht. Eines Tages war sie verschwunden. Ich glaube, es ging nur darum, ihren Vater zu ärgern.

Sie kam wieder zurück und die beiden vertrugen sich wieder halbwegs. Dann begann sie zu studieren. Judaistik oder wie das heißt. Ihr Vater hat tagelang getobt. Er wollte, dass sie im Geschäft mitmacht, um später einmal zu übernehmen. Na ja, er hatte keinen Sohn, sie war also …!"

„Jedenfalls hat er es hingenommen und dann sogar begonnen, mit ihr Jüdisch zu lernen", sagte Eleni.

„Hebräisch. Jiddisch ist ein deutscher Dialekt", meinte Angelos.

„Ich verstand nichts und konnte es auch nicht lesen", sagte Eleni.

Also war es Hebräisch, dachte Angelos.

„Sie sprachen oft Hebräisch miteinander, seitdem habe ich nicht mehr viel mitbekommen! Auf alle Fälle hat es ein paar Jahre gehalten. Dann kam jener Freitag, ich werde ihn nie vergessen. Stundenlang brüllten die beiden sich an. Sie packte ihre Sachen – und weg war sie. Es war ein Freitag im Dezember 2002, ich weiß es noch bis heute. Seitdem habe ich sie nicht mehr gesehen!"

Eleni schaute betrübt, dann holte sie tief Luft.

„Er hat gelitten. Vor allem in letzter Zeit. Wenn Menschen älter werden, dann suchen sie oft nach Menschen, die aus ihrem Leben verschwunden sind. Gerade bei Kindern und besonders bei Vater und Tochter ist das so!"

„Hatten Sie noch Kontakt zu ihr?", fragte Angelos. Eleni nickte.

„Anfangs ja. Dann hat es sich verlaufen. Sie wissen ja … Aus den Augen, aus dem Sinn. Aber vergessen hat sie mich nicht. Ich bekam jedes Jahr zum Geburtstag eine Karte!"

Angelos hätte jubeln können, hoffentlich …

„Wissen Sie, von woher die Karte kam?"
Eleni nickte.

„Madeira. Am anderen Ende Europas. Als wollte sie möglichst weit weg. Sie war zuerst auf Samos, zog aber dann fort!"

„Heißt sie noch immer Karapatis?", fragte Angelos.

Eleni schüttelte den Kopf.

„Das weiß ich nicht. Die Karte war nur mit ‚Anna' unterschrieben!"

Na bravo, dachte Angelos. Anna ist in so ziemlich jeder Sprache ein häufiger Name.

„Ich kann mich aber an den Ort erinnern, weil er so einen komischen Namen hatte. Irgendwas mit Kamera", sagte Eleni.

„Camera de Lobos, Ich könnte Sie küssen!", sagte Angelos.

Ein Touristenmagnet, aber eigentlich eine kleine Stadt, direkt neben Funchal, der Hauptstadt. Dort müssten wir sie finden, denn: ich war schon dort.

„Vielen Dank, Eleni. Wir sind gleich fertig. Also: seine Tochter hat ihn nie besucht. Ich weiß, dass Karapatis viel unterwegs war. Aber wenn er hier war: hatte er oft Besuch und von wem?"

Eleni überlegte.

„Wenn er zuhause war, und das waren vielleicht vier oder fünf Tage pro Monat. dann war er allein und hat seine Opern gehört!"

Oder er war im Keller, dachte Angelos.

„Frauenbesuch?", fragte er.

Eleni schüttelte mit dem Kopf.

„Nein, nie. Ich weiß aber nicht, was er unterwegs getan hat. Oder in Athen oder Piräus, aber hier war keine Frau!"

„Sonstige Besucher?", fragte Angelos.

„Nein – halt! Doch. Dimitrios Menos hat ihn mal besucht!"

„Menos? Der Reeder? Sind Sie sich sicher?"

„Oh ja. Wissen Sie, ich habe ihn sofort erkannt. Als ich jung war, schwärmte jedes Mädchen in Griechenland von ihm. Er hatte alles, was man sich mit 14 oder 15 erträumt. Er war eine Schönheit und er war reich. Natürlich ist er alt geworden, aber das Gesicht habe ich trotzdem erkannt. Karapatis´ Gäste stellen sich mir nicht vor, aber ich habe extra zwei Mal hingesehen. Er war es. Definitiv!"

„Haben Sie mitbekommen, um was es bei dem Besuch ging. Haushälterinnen kriegen ja doch oft etwas mit", sagte Angelos.

Heißt: sie lauschen gewöhnlich.

„Nein, sie sind sofort im Aufzug verschwunden!"

Und wahrscheinlich nach unten, dachte Angelos.

„In welchem Jahr war das? Grob geschätzt?", fragte er.

„Wieso Jahr? Das war vor sechs Wochen", sagte Eleni.

Kaum ausgesprochen, rannte Angelos zum Aufzug.

26

Unten angekommen, lächelte ihn Khaled an und wollte etwas sagen, aber Angelos hielt den Zeigefinger vor den Mund. Und Khaled war nicht der Typ, dessen erste Frage immer „warum?" lautete.

Auch den anderen, Levi und Gabriel, bedeutete Angelos, nichts zu sagen und zeigte zum Aufzug. Schweigend fuhren sie nach oben. Angelos deutete in Richtung Garten.

Draußen angekommen, durchbrach er die Stille.

„Leute, ich befürchte, dass im Haus Wanzen sein könnten. Dimitrios Menos war hier und wahrscheinlich im Keller. Ich bin vielleicht paranoid, aber wir sollten es überprüfen. Wir haben doch vom letzten Mal noch das Suchgerät im Keller, oder?"

Levi schmunzelte.

„Ja, du hast uns gebeten, es, äh, ,zu vergessen'!"

„Könntest du es holen?"

„Klar. Aber dass wir die Leiche und die Bilder gefunden haben, weiß jeder, der mitgehört hat!"

„Schon klar. Aber derjenige sollte nicht erfahren, was wir als Nächstes tun!"

„Und was tun wir als Nächstes?"

„Wir überprüfen erst alle Bilder. Sind sie geklaut?", fragte Angelos.

Gabriel nickte.

„Drei auf alle Fälle. Weiter kamen wir nicht!"

„Gut, dann suchen wir die Wanze und prüfen die Herkunft der Bilder. Sprechen sollten wir möglichst wenig. Und dann folgt Schritt 2", sagte Angelos.

„Und der wäre?", fragte Khaled.

„Wir beide fliegen nach Madeira und sprechen mit der Tochter!"

„Aber wehe du fummelst den Piloten an", sagte Khaled.

„Dann wird das eine langweilige Veranstaltung. Vielleicht sollte ich Gabr…", begann Angelos.

„VERGISS ES", knurrte Khaled.

Angelos lachte.

„Das war ein Scherz. Glaubst du, ich werde dir untreu?", fragte Angelos.

„Nein", sagte Khaled.

27

Eine Stunde später hatten sie im Untergeschoss herausgefunden, dass sich alle Gemälde nicht rechtmäßig im Besitz des nun kopflosen Herrn Karapatis befanden. Und: tatsächlich hing an der Unterseite des Tischs eine winzige elektronische Wanze.

„So. Und die hat jetzt eine technische Störung", sagte Angelos und zertrat das Mini-Gerät.

„Zurück zu den Bildern: Herkunft 1: aus Museen gestohlen. Der ‚van Eyck' oder ‚das Portrait eines jungen Mannes' von Raffael. Letzteres wurde 1977 aus einer Sammlung in Kattowitz gestohlen!"

„Heißt, der Herr ist wohl schon länger auf dem ‚Kunstmarkt' tätig", sagte Khaled.

„Wann er es gekauft hat, also von einem Hehler gekauft, meine ich, wissen wir nicht. Aber möglich ist es schon", antwortete Angelos.

„Bei dreien haben wir ein anderes Problem. Die Bilder waren ursprünglich in jüdischem Besitz. Dann ist ein Loch in der Provenienz. Gefolgt immer von einem Schweizer Kunsthändler", sagte Levi.

Angelos nickte.

„Wie bei vielen Raubgemälden. In der Schweiz gibt es ein Gesetz, dass man ein Gemälde rechtmäßig besitzt, wenn es in den letzten zwei Jahren nicht im Besitz eines anderen war. Hat mir die Kunstexpertin erklärt. Ich frage mich, ob eine solche großzügige Regelung auch für Geld im Falle eines Banküberfalls oder einer Entführung gilt. Du legst das Geld zwei Jahre in den Keller und – schwupps – ist es deines!"

Angelos schüttelte den Kopf.

„Nicht überraschend. Die Schweiz ist der große Profiteur des Krieges und des Holocausts. Man zahlt ein paar lausige Milliarden und dafür werden die Akten geschlossen", schimpfte Levi.

„Und die richtigen Eigentümer?", fragte Khaled.

„Die müssten Kaufverträge oder Gutachten vorweisen. Aber nach Auschwitz durfte man keine Aktenordner mitnehmen", ätzte Gabriel.

Angelos überlegte.

„Außer uns weiß niemand, dass diese Bilder hier sind. Ihr habt bei Interpol nur generell nachgefragt, oder?", fragte Angelos.

Levi und Gabriel nickten.

„Gut. Dann sagt Tel Aviv Bescheid. Die sollen mir einen Experten für Raubkunst schicken. Wenn er belegen kann, dass einige Bilder im Besitz von Juden waren und im Krieg geraubt wurden, dann soll er die Besitzer oder deren Erben ausfindig machen. Die Bilder werden zurückgegeben", stellte Angelos fest.

Gabriel schaute zweifelnd.

„Und was sagt Athen dazu? Die jetzigen Besitzer werden toben. Die Museen auch!"

„Sie WÜRDEN toben, wenn sie es wüssten. Und: wo bitte liegt Athen?", sagte Angelos.

Khaled lachte laut.

„Ich befürchte, dafür bekommst du einen Orden", sagte Levi.

„Untersteht euch. Es darf nichts nach draußen dringen, sonst sind die Bilder wieder weg!"

„Gut, dann ...", begann Angelos.

„Stopp, Süßer", sagte Khaled. „Wir haben noch etwas Anderes. Siehst du das Klimagerät da drüben?"

„Ja, was ist damit?"

„Es ist deutlich überdimensioniert. Es ist für Räume mit 2000 Kubik vorgesehen. Aber das hier sind knapp unter 1000", meinte Gabriel.

„Vielleicht wollte Karapatis auf Nummer sicher gehen", sagte Angelos.

„Wir haben aber noch etwas anderes. Ganz hinten im Eck", meinte Levi und ging hin.

„Man sieht es fast nicht. Ein kleines Kästchen mit Knopf. Drück doch mal!"

Angelos drückte den Knopf.

Die Klappe öffnete sich und es fuhr ein Gerät aus der Wand.

„Ein Iris-Scanner?", fragte Angelos die Herren vom Geheimdienst. die sich mit derartigen Geräten besser auskannten.

Levi nickte.

„Es fragt sich wofür. Hier hinein kommt man mit dem Aufzug – wenn man den Schlüssel hat. Für hier braucht man den Scanner nicht!"

„Du meinst, der Scanner und die überdimensionierte Klimaanlage deuten auf einen weiteren Raum hin?", fragte Angelos.

Levi nickte erneut.

„Wir müssen suchen. Leider haben wir die passende Iris nicht!"

„Wieso nicht?", fragte Angelos. „Khaled, nimm bitte den Kopf und leg ihn auf den Tisch!"

„Das Ding fasse ich nicht an", protestierte Khaled.

„Karapatis hat sicher nichts dagegen", knurrte Angelos.

„Dann mach es doch selbst!"

„Herrgott", sagte Angelos, nahm den Knopf und legte ihn auf den Tisch.

„So. Du holst jetzt das Tape, reißt zwei Streifen ab und klebst die Lider an die Stirn!"

Khaled zögerte.

„Gabriel. Komm! Mach du!"

Angelos hielt den Kopf und Gabriel fixierte die Lider.

„Sesam, öffne dich", sagte Angelos und hielt den Kopf vor den Scanner.

Es bedurfte dreier Versuche – dann leuchtete ein grünes Licht auf – und die südliche Raumwand bewegte sich nach oben.

Vier staunende Gesichter blickten in einen Raum, der noch größer war als der erste.

Heiliger Gott, dachte Angelos.

Es war weniger der Raum, der ihm die Luft raubte. Levi fing sich als Erster.

„Das ist doch …"

„Das kann nicht sein", meinte Angelos.

„Das muss eine Kopie sein", meinte Khaled.

„Warum sollte man eine Kopie im Keller verstecken, gesichert mit Iris-Scanner?", fragte Angelos. „Die Frage ist: wie kann ein Kunstwerk an zwei Orten gleichzeitig sein?" und gab sofort die Antwort:

„Eines muss eine Kopie sein. Fragt sich nur, welches!"

„Du meinst, im Louvre steht eine Kopie?", fragte Khaled erstaunt.

„Wenn das so ist, gibt es ein mediales und diplomatisches Erdbeben", sagte Angelos niedergeschlagen.

„Ein toter Milliardär, ein Botschafter, der in die Luft fliegt und als Krönung steht in einem Keller ‚Die Venus von Milo'! Ich bin echt gestraft!"

„Äh, Angelos", sagte Khaled.

„Du kannst den Kopf wieder ablegen!"

28

Am Abend eines Tages voller absurd erscheinender Entdeckungen saßen die vier Herren im Garten der Nikakis-Villa.

Angelos schaute hinunter auf Ornos und die Kitesurfer-Bucht. Dahinter sah man den Hafen mit den unvermeidlichen Kreuzfahrtschiffen. Es waren nur drei heute, also ein eher ruhiger Tag.

„Wann fliegt ihr morgen?", fragte Levi.

„Das hängt ganz davon ab, wie leistungsfähig mein Mann heute noch ist", sagte Khaled lächelnd.

„Wir fliegen erst übermorgen?", fragte Angelos und alle lachten.

„Hast du mit der Polizei auf Madeira gesprochen?", fragte Gabriel.

Angelos schüttelte den Kopf.

„Nein. Ich bin mir nicht sicher, ob Karapatis' Tochter wirklich alleine dort lebt – ohne irgendwelche Schatten! Ihr müsst dafür sorgen, dass niemand das Haus betritt. Die Haushälterin und den Gärtner habe ich gesagt, sie können eine Woche zuhause bleiben!"

„Wir beide und ein van Eyck, ein Raffael und eine Venus. Die schlechteste Kunstwerk-Absicherung der Welt", scherzte Levi.

Plötzlich brummte Levis Handy und er stand auf. Doch nach wenigen Sekunden war er wieder zurück und drückte Angelos das Handy in die Hand.

„Mein Chef will mit dir sprechen!"

„Nikakis. Spricht da der Jüdische Weltkongress?" Yossi Cohen lachte.

„Hallo, Herr Nikakis. Ich habe gehört, Sie sind schon einige Schritte weiter!"

„Ja, nur weiß ich nicht, ob die Richtung stimmt. Aber das wissen wir bald!"

„Sind Sie sicher, dass Sie diese Bilder an die Besitzer zurückgeben wollen?", fragte Cohen.

„Ja, warum?"

„Weil es einen Sturm der Entrüstung gibt, wenn es bekannt würde!"

„Genau deswegen darf nichts nach außen dringen", betonte Angelos.

„Und Athen?", fragte Cohen.

„Liegt weit weg", sagte Angelos.

„Allerdings ist die Rückgabe an eine Bedingung geknüpft!"

„Dabei fing ich gerade an, Sie richtig zu mögen", sagte Cohen.

„Und das wollen wir doch vermeiden. Ich möchte, dass Gabriels Entlassung rückgängig gemacht wird. Ich traf keinerlei Schuld!"

„Er hat seinen Posten verlassen", protestierte Cohen.

„Auf Befehl des Botschafters!"

„Den hätte er ignorieren müssen", sagte Dayan.

„Das Problem bin nicht ich, sondern der Premierminister. Er hat die Entlassung persönlich angeordnet und er gehört nicht zu der Sorte Mensch, die Fehler eingesteht!"

„Da ist unserer pflegeleichter", sagte Angelos.

„Weil Sie ihn in der Hand haben. Sie möchten mir nicht sagen, womit?"

„Netter Versuch", antwortete Angelos grinsend. Dabei war die Antwort simpel.

„Ich könnte Gabriel vorläufig als freien Mitarbeiter wiedereinstellen, bis Gras über die Sache gewachsen ist", gab Cohen klein bei.

„Gut. Dann haben wir einen Deal", sagte Angelos.

„Ich bin auf jeden Fall froh, dass Dayan nicht von Islamisten getötet wurde", bemerkte Dayan.

„Mehr als unwahrscheinlich. Islamisten mögen keine Bilder und schon gar keine mit nackten Frauen. Das habe ich mit ihnen gemeinsam", sagte Angelos.

Cohen lachte laut.

„Und wie passt Menos in dieses Bild? Er wusste offensichtlich von den Bildern, sonst hätte ihn Karapatis nicht in den Keller gelassen. Nur: warum platziert Menos eine Wanze?"

„Könnte ein Miliardärsklub sein, der Bilder sammelt. Und sich dann in die Wolle gerät. Aber mehr erhoffe ich mir von Karapatis´ Tochter. So wir sie denn finden", sagte Angelos.

„Dann viel Erfolg", sagte Cohen und legte auf.

Angelos gähnte.

„Also ich muss jetzt ins Bett!"

Die Runde löste sich auf. Khaled und Angelos gingen nach oben, Levi und Gabriel zu ihrem Gästezimmer im Souterrain.

Im Bett schaltete Angelos das Licht aus.

Dann hörte er Khaleds Stimme.

„Das ist doch wohl nicht dein Ernst!"
Angelos schaltete das Licht wieder an und drehte sich zu Khaled.
Der zog einen Schmollmund.
„Was ist, mein Prinz?"
„Du hast mir zwanzig Schläge versprochen!"
Angelos lachte.
„Für was waren die gleich noch mal?"
„Hab ich vergessen. Spielt auch keine Rolle", sagte Khaled.
„Könnte dein Bruder dich sehen …"
„… würde er mich steinigen lassen. Da sind mir Hiebe lieber", meinte Khaled.

Am nächsten Morgen kamen Khaled und Angelos mit Verspätung los.

„AUA", sagte Chefpilot Khaled Nikakis, als er im Cockpit Platz nahm.
„Beschwerden?", fragte Angelos amüsiert.
„Äh, nein. Aber wie ich fünf Stunden sitzen soll, weiß ich nicht", knurrte Khaled.
„Soll ich dich etwas motivieren?"
„Lass Finger und Mund bei dir. Vor allem aber deine Haubitze! Sonst zerschellen wir noch im Meer", sagte Khaled, musste aber doch grinsen.
Er fühlte sich noch immer wie in einem Traum. Ich habe meinen Traumprinz bekommen. Jetzt trage ich sogar seinen Namen. Ich bin glücklich.
„Haubitze? Also ich kenne ja einige Umschreibungen, aber ich kann nicht sagen, dass

mir ‚Haubitze' gefällt. Dafür ist er …", begann Angelos.

„…viel zu schön. Da hast du recht. Das bezog sich eher auf die Größe und die Wirkung", sagte Khaled.

„An dir ist einfach alles schön. Als ich dich zum ersten Mal gesehen habe, dachte ich noch: da muss ein versteckter Haken dran sein. Vielleicht ist er ja dünn und krumm!"

„Tja. Da hast du dich getäuscht", sagte Angelos.

29

Dimitrios Menos war kein Mensch, der zu Panik neigte. Dafür hatte er zu viel stürmische Zeiten erlebt – und überlebt. Er analysierte eine Lage und entwickelte Lösungspfade. Mehrzahl. Denn nichts läuft immer nach Plan. Gelassenheit bei gleichzeitig viel Konzentration – das war Menos´ Vorgehensweise.

Doch er saß an seinem Schreibtisch auf seiner Insel in der nördlichen Ägäis und war beunruhigt. Das entsprach der Gemütsstufe Panik bei anderen Menschen.

Gegenüber saß sein Faktotum. Nikos. Vor ihm hatte Menos keine Geheimnisse.

„Nikos, liegt dieser Depp Livinos immer noch vor Rhenia?"

Nikos nickte.

„Ja. Aus seinen Telefonaten haben wir herausgehört, dass er noch mindestens vier Tage bleiben will. Ist ja auch schön da!"

„Schön? Ist das ein Kriterium in dieser Lage? Bin ich denn der Einzige, der den Orkan heraufziehen sieht? Wir gehen alle unter, wenn wir Pech haben!"

Menos beruhigte sich wieder und seufzte.

„Die Verbindung zu Karapatis´ Villa ist tot, oder?"

„Ja. Seit gestern Nachmittag. Das muss aber nicht heißen, dass sie entdeckt wurde. Das Fabrikat ist ziemlich neu und extrem klein. Wir hatten schon vorher Probleme!"

Das war kein technisches Versagen. Das war Nikakis. Er hat den Keller entdeckt. Gott behüte, dass er auch den zweiten Teil der unterirdischen Galerie gefunden hat. Den einen Teil könnte man noch erklären, den zweiten nicht.

„Passiert ist aber rund um das Haus nichts. Nichts Auffälliges", sagte Nikos.

„Genau das macht mich stutzig. Du machst einen Sensationsfund und es gibt keine hektische Betriebsamkeit, nicht einmal Telefonate?"

Nach dem Fund der Wanze hatten Angelos und die anderen drei ihre Handys weggeworfen und auf die Kryptogeräte des Dienstes zurückgegriffen.

„Vielleicht ist Nikakis selbst verwirrt und weiß nicht weiter?"

Menos schnaubte.

„Nikakis und verwirrt? Wann hört Ihr endlich auf, ihn für einen Provinzkommissar zu halten?"

Menos zeigte Nikos ein Foto.

Zu sehen war Angelos Nikakis und ein zweiter Mann.

„Wo ist das Foto aufgenommen worden und wer ist die zweite Person?"

„Die Aufnahme stammt vom Flughafen Ben Gurion in Tel Aviv und der zweite Mann ist der Chef des Mossad, Yossi Cohen!"

„Scheiße", entfuhr es Nikos.

„Eben. Wir haben es nicht mit einer kleinen Kripostelle zu tun. Nikakis kennt den Premier persönlich und wird prinzipiell immer durchgestellt. Die Info stammt direkt aus der Villa Maximos. Warum ist das so? Nikakis kennt den Chef des wohl besten Geheimdienstes der Welt. Warum?"

Menos machte eine kurze Pause.

„Neutralisieren?", schlug Nikos vor.

Menos schnaubte.

„Tolle Idee. Dann haben wir Migiakis und den Mossad am Hals. Und der Mossad ist der letzte Geheimdienst, mit dem wir uns anlegen sollten!"

„Glaubst du, Nikakis hat die, äh, jüdische Verbindung schon entdeckt?"

„Natürlich. Aber es fehlen noch einige Teile. Hat er die beisammen, gehen wir alle unter", sagte Menos.

„Eben deswegen sollte man ihn vielleicht doch beseitigen", schlug Nikos erneut vor.

Menos sagte zunächst nicht, schüttelte aber dann den Kopf.

„Du vergisst einen Aspekt. Seinen Mann. Der war Kronprinz und Militär – und ist stockverliebt. Er würde rasend vor Wut werden und hat das Geld und die Mittel, um uns alle zur Strecke zu bringen. Und ich weiß, was du jetzt sagen wirst. Nein, einen Ex-Kronprinz können wir unter keinen Umständen töten. Also vergiss es!"

„Was tun wir also?", fragte Nikos.

„Jeden Schritt beobachten", antwortete Menos.

„Musst du mit Livinos reden?", fragte Nikos.

Erneut schnaubte Menos.

„Ich muss gar nichts. Bessere Vorschläge als du hat er nicht auf Lager. Er hält sich für unfehlbar. Ich glaube, er hat zu viele James Bond-Filme gesehen und hält sich für Blofeld. Und wenn ich ihn nicht stoppe, stürzt das Kartenhaus ein. Das ist das Hauptproblem: Bedrohung von außen durch Nikakis und den Mossad. Und die Bedrohung von innen durch Sorglosigkeit und Arroganz!"

Menos war laut geworden.

Da Nikos nicht wusste, was er sagen sollte, war er heilfroh, dass das Handy brummte.

Menos nickte.

„Was gibt´s?", fragte er den Anrufer.

„Sicher?"

Dann beendete Nikos das Gespräch.

„Nikakis. Er hat die Insel mit dem Jet verlassen!"

„Wohin?", fragte Menos.

„Madeira!"

Menos ließ sich in den Sessel fallen.

„Grundgütiger!"

30

Pablo Soares saß vor seinem kleinen Häuschen, wie jeden Tag. Auf dem Bänkchen verbrachte er mehr Zeit als für alle anderen Tätigkeiten zusammen, Schlafen eingeschlossen.

Seit seinem Schlaganfall war er linksseitig teilweise gelähmt. Und so bestand seine Welt nur noch aus seiner näheren Umgebung. Der maximale Aktionsradius betrug an guten Tagen fünfhundert Meter, was zumindest für einen Besuch bei Pedros Café reichte. Die genetisch bedingte Neugierde reduzierte sich daher zwangsläufig auf den ihn umgebenden Bereich. Da sein Haus etwas außerhalb von Camera de Lobos lag, passierte nie etwas. Wobei „außerhalb" der falsche Terminus war. „Oberhalb" wäre zutreffender, denn von seinem Garten sah er auf Camera hinunter – oder aufs Meer. Von den zahlreichen Touristen unten bekam er nichts mit.

So kam es, dass das Hauptziel seiner Neugierde die Nachbarin war, die vor zehn Jahren in das kleine Haus neben dem Bewässerungsgraben, einem Levado, gezogen war. Aber die Frau war eine harte Nuss. Sie ging nie spazieren und man sah sie auch sonst nie. Sie rauschte mit ihrem Skoda immer an Pablo vorbei. Eine Herausforderung, die Pablo gerne annahm.

Da nicht mobil, nutzte er das Telefon zur Informationssammlung. Aber seine Fragen im Rathaus oder beim Versehrtenverband brachten nichts ein. Also beschloss er, eines Tages zu dem kleinen Haus zu gehen, Nicht, um sie direkt zu befragen. Nein, er wollte einen zufälligen Blick in ihren Wagen werfen. Und tatsächlich: dort lagen Briefe. Leider sah er nicht mehr besonders gut und mit dem Fernglas konnte er ja schlecht zu Werke gehen.

Auf dem Brief konnte er aber den Namen Anna lesen. Na bitte, die Fremde hatte jetzt einen Namen. Und auf der Rückseite standen Tüten aus einem Einkaufszentrum in Funchal. Wieso kauft sie Lebensmittel nicht hier, sondern fährt die gute halbe Stunde? Da war irgendetwas faul, da war sich Pablo sicher. Eines Tages rief ihn seine Schwägerin an, die in der örtlichen Apotheke wohnte. Triumphierend meldete sie ihm, die Nachbarin hätte Schnupfenmittel gekauft und spreche fast kein Portugiesisch. Dezente Versuche, Anna in ein Gespräch zu verwickeln, scheiterten. Eine Fremde, die nicht arbeitet, Ausländerin ist und jeden Kontakt meidet.

Über Pablos Schwägerin verbreitete sich die Nachricht im ganzen Städtchen.

Eine Frau auf der Flucht vor ihrem Mann, war noch die harmloseste Vermutung. Eine Spionin, sagten einige, ohne die Frage beantworten zu können, was zum Teufel es denn auf Madeira zu spionieren gäbe. Spätestens, als sie Handwerker aus Funchal rief, anstatt jemand vor Ort, wurden die Gerüchte massiver und bösartiger.

Und so lag es nicht mehr nur in Pablos Interesse, mehr herauszufinden über das, was diese Frau verbarg,

Sein Fernglas war mehrmals täglich im Einsatz. Sein Smartphone mit Zoomkamera ebenfalls. Scheu vor der Technik hatte der 75-jährige nicht. Die Neugierde setzt ungeahnte Fähigkeiten frei.

Dann fiel ihm etwas auf. Auf manchen T-Shirts waren seltsame Buchstaben zu lesen. Er schickte die Fotos an seine Schwägerin und die lieferte noch am selben Tag die Antwort: es waren griechische Buchstaben. Die Unbekannte war also Griechin.

Nach monatelanger Observierung sollte er in 24 Stunden neuen Gesprächsstoff liefern können.

Denn zum ersten Mal würde Anna, die Griechin, Besuch bekommen. Von zwei jüngeren Männern, die sich sogar küssten, bevor sie vor dem Haus von Anna ausstiegen. Zwei Männer! Da würde das ganze Dorf staunen!

31

Etwa eine Flugstunde vor Madeira stellte Angelos eine Frage, die er besser nicht gestellt hätte.

„Sag mal, warst du schon auf Madeira?"

„Nö", lautete die knappe Antwort und Angelos fühlte sich plötzlich unwohl.

„Braucht man für den Flughafen dort nicht eine spezielle Lizenz?"

„Ach? Warum das?", fragte Khaled vollkommen entspannt.

„Weil er zu den gefährlichsten Flughäfen der Welt gehört. Wegen des starken Windes", antwortete Angelos.

„Schau mal auf das Anflugblatt, hängt vor dir!"

Tatsächlich hing dort ein Zettel an einer Art Klemmbrett. Ein brandneuer Jet und dann ein Zettel an einer Klappe.

„SLR. Special License Required", sagte Angelos.

"Die werden uns schon landen lassen. Windig ist es auf Mykonos auch!", entgegnete Khaled.

Oh nein, dachte Angelos, der schon zwei Mal auf Madeira gewesen war und beides Mal eher schräg zur Bahn gelandet war.

„Willst du nicht mal bei der Flugsicherung nach dem Wetter fragen?"

„Ein renitenter Co-Pilot?" knurrte Khaled, griff aber zum Funkgerät.

„Traffic control Lisbon. Nikakis 1601 approaching Funchal requires Weather data!"

"Nikakis 1601. Wind SW 3, Böen bis vier sieben. Vorsicht Scherwinde!"

„Super", sagte Angelos und wurde unruhig. Erst dann fiel es ihm auf: „Nikakis 1601?"

Khaled grinste.

„Ich habe die Kennung geändert. Ich wollte immer nur eines: dich. Und damit deinen Namen. Na ja, und der 16. Januar …"

„… ist der Tag, an dem wir uns zum ersten Mal getroffen haben, ich habe es nicht vergessen. Hoffentlich ist heute nicht unser letzter Tag", sagte Angelos.

„Doch so viel Vertrauen?", fragte Khaled.

50 Minuten und zwei missglückte Anflüge später saß Pilot Khaled kreidebleich im Jet und schaltete die Turbinen ab. Sie hatten die Parkposition erreicht!"

Angelos war weiß wie Papier.

„Nach Hause nehme ich den Zug", brummte er.

„Sehr witzig", antwortete Khaled.

Die Herren bezogen ihr Quartier und es war natürlich das „Reid´s" in Funchal, eines der besten Hotels der Welt. Der Portier schaute die zwei Herren in Jeans und mit Dreitagesbart an und rümpfte die Nase.

„Ich hätte es wissen müssen", sagte Angelos lachend.

„Was denn? Auf Reisen darf es doch ein bisschen luxuriös sein!"

„Als ob wir zuhause ... ach, schon gut", gab Angelos nach. Sie hatten Wichtigeres zu tun.

32

Die Suche nach Anna Karapatis gestaltete sich einfacher als gedacht – sehr zum Missfallen von Khaled Nikakis, der vom „Reid´s" hellauf begeistert war.

„Das einzig Störende sind die vielen Engländer", sagte er.

„Wie überraschend in einem englischen Hotel", antwortete Angelos grinsend.

Sie fuhren die Rua Monumental hinunter, mitten durch das touristische Viertel Funchals.

„Das habt Ihr Griechen besser gemacht. Die Bettenburgen sind wirklich schrecklich", bemerkte Khaled.

Du hast Recht, dachte Angelos. Bei allen Missständen, auf Mykonos wären diese Klötze undenkbar.

„Stimmt. Aber das Wasser würde ich gerne mitnehmen. Die ganze Insel ist grün!"

Bald befanden sie sich auf der Uferstraße und erreichten kurz darauf Camera de Lobos.

„Mal sehen, wie lange wir brauchen", sagte Angelos nicht sehr positiv eingestellt. Aber Spuren und Hinweise können noch so hilfreich sein: der beste Helfer der Polizei ist der glückliche Zufall.

„Keine Bar am Wasser. Wir brauchen eine mit Einheimischen", sagte Angelos.

Zu diesem Zeitpunkt ahnten sie nicht, dass sie nur 32 Minuten später Anna Karapatis gegenüberstehen würden.

Ihre erste und einzige Station war ein Café am Fuß der Berge. Die Inneneinrichtung karg und nur einige ältere Männer. Passt, dachte Khaled.

„Äh, wir suchen eine Frau. Um die vierzig, blond, Griechin …", begann Angelos.

„Sie meinen die Terroristin, Spionin oder Milliardärin auf Tauchstation?", fragte der Kellner.

„Ich sage Ihnen, wo Sie sie finden, wenn Sie mir verraten, wer sie ist. Sie heißt Anna, oder?", fügte er hinzu.

Angelos konnte sein Glück nicht fassen.

„Äh, ja. Sagen wir, sie ist vermögend. Mit Spionen hat sie nichts zu tun", sagte er verwirrt.

„Sagt wer?", fragte der Kellner, der schon einen Zettel in der Hand hielt.

„Wir sind Freunde von ihr aus Mykonos", meinte Angelos.

„Mykonos? Da sind doch alle schwul!"

Khaled legte seinen Arm um Angelos und küsste ihn auf die Backe.

„Stimmt. Sogar die Polizei!", antwortete Angelos und nahm dem Kellner den Zettel aus der Hand. Pablo Soares hatte hervorragende Vorarbeit geleistet. Leider konnte ihm Angelos nicht danken, denn er kannte ihn nicht.

33

„Anna Karapatis?", fragte Angelos, nachdem sie innerhalb von zehn Minuten das alleinstehende Haus oberhalb von Camera erreicht hatten.

Anna war ein Frau Anfang vierzig, sah aber jünger aus.

„Ah, der Herr Bürgermeister und sein Kronprinz", sagte sie mit einem Lächeln.

Angelos und Khaled schauten mehr als verdutzt.

„Woher …?"

„Ach, kommen Sie. Ich lebe hier zwar abgeschieden, aber Dank Internet weiß ich fast alles, was auf meiner Geburtsinsel passiert. Ich habe mit meinem Vater gebrochen, aber nicht mit Mykonos. Aber, kommen Sie doch bitte herein!"

Anna bat ihre Gäste auf die Terrasse.

„Hier ist man sicher vor den Ferngläsern der Nachbarschaft. Eines habe ich gelernt: man hat nirgendwo seine Ruhe. Du könntest an den Südpol ziehen, es gäbe trotzdem mindestens einen neugierigen Eisbären mit Internetanschluss!"

Anna lachte.

Gut, dachte Angelos, mit der komme ich gut zurecht.

„Erstaunlich, dass die Leute einen schwulen Bürgermeister wählen. Vielleicht gibt es ja doch noch Hoffnung. Man hat mir erzählt, Sie ließen sich nichts gefallen und treten manchen Leuten gewaltig auf den Schlips. Das hat die Insel dringend gebraucht!"

„Das sehen die Getretenen wohl anders", antwortete Angelos und schmunzelte.

„Sie hatten Zoff mit meinem Vater?", fragte Anna.

„Und wie", sagte Angelos wahrheitsgemäß.

„Das hätte früher niemand gewagt. Nun, ich denke, Sie sind hier, weil er tot ist, nicht wahr?"

Anna hielt den Kopf schräg.

Angelos zögerte.

„Ach kommen Sie. Wer fliegt – was weiß ich – zehn Stunden mit zweimal Umsteigen -, wenn nicht etwas passiert wäre. Raus damit!"

„Ja, Ihr Vater ist tot. Und es sind keine zehn Stunden, sondern …"

„… 3 Stunden 50", sagte Khaled stolz.

Anna runzelte die Stirn.

„Wir sind mit einem Privat-Jet hier", sagte Angelos.

„Na, die Reisekostenrechnung möchte ich sehen", meinte Anna lächelnd.

„Es ist sein Privat-Jet", sagte Angelos und bemerkte seinen Fehler zu spät.

„Ich meine, unser Jet!"

Khaled nickte wohlwollend.

„Wollen Sie nicht wissen, wie …?", fragte Angelos.

„Hoffentlich hat er gelitten", meinte Anna mit nun ernstem Gesicht.

Angelos überlegte. Ja, das hat er bestimmt. Karapatis war bei vollem Bewusstsein, als ihm der Kopf abgeschnitten wurde.

„Sagen wir, sein Tod war unnatürlich und schmerzhaft", antwortete er.

„Schön, das freut mich. Andere haben mehr gelitten – dank ihm!"

„Wir würden Sie bitten, mit uns nach Mykonos zu fliegen", sagte Khaled.

„Ah, ich soll mich um die Beerdigung kümmern", meinte Anna.

Nein, erst muss der Kopf wieder angenäht werden und das muss in Athen gemacht werden, dachte Angelos.

„Es ist weniger die Beerdigung ... Sie sind die Erbin und wir müssen vor Ort einiges klären", sagte Angelos.

„Sie meinen den Keller, nicht wahr?"

Angelos nickte.

„Nicht nur. Ich würde Sie auch bitten, mit zwei Kollegen zu sprechen!"

„Ich dachte, Sie sind der Kommissar?", fragte Anna irritiert.

„Schon. Aber es gibt noch zwei Herren, mit denen Sie sich bestimmt gut unterhalten werden", sagte Angelos lächelnd.

„Jetzt machen Sie mich neugierig!"

„Die Herren sprechen Hebräisch!"

34

„Anschnallen, Anna!", sagte Angelos leise und schüttelte die schlafende Frau vorsichtig.

„Schon da?", fragte sie verschlafen.

„An Flugreisen mit einem Privat-Jet könnte ich mich gewöhnen", sagte sie.

„Wir drehen noch eine kleine Runde. Es hat sich einiges verändert", sagte Angelos.

Am Morgen hatten Angelos und Khaled Anna abgeholt.

„Schade", sagte Khaled.

„Lass mich raten. Das Hotel hättest du noch ein paar Tage ertragen", antwortete Angelos grinsend.

„Wie gesagt: die Reisekostenrechnung hätte ich gerne gesehen. Oder besser gesagt: das Gesicht desjenigen, der sie prüft", meinte Anna.

Khaled begann zu lachen.

„Der Herr Bürgermeister prüft sich selbst!"

„Nicht Ihr Ernst? Wurde die Demokratie abgeschafft?", fragte Anna mit einem Grinsen.

„So könnte man das sehen", sagte Khaled.

„Sagt der ehemalige Kronprinz eines despotischen Emirats", fügte Angelos hinzu.

„Und wer hat bei Ihnen zuhause die Hosen an?", fragte Anna.

„Wir haben sie beide meist unten. Wir sind ja gerade ein paar Tage verheiratet", entgegnete Angelos lachend.

Die Landung auf JMK verlief problemlos.

„Laues Lüftchen im Vergleich zu Madeira", stichelte Angelos.

„Klappe", knurrte Khaled.

Am Flughafen war der Jet nichts Besonderes mehr. Kein Aufruhr wie noch vor ein paar Monaten, als der Kronprinz sich noch heimlich mit Angelos traf.

Nur ein Mann schaute genauer hin und griff anschließend zum Handy.

„Die zwei Schwuchteln und eine Frau. Foto unterwegs", sagte er und drückte das Gespräch weg.

35

Als sie die Hügel von Agios Ioannis erreichten, wurde Anna nicht nur still, man hörte, wie sie schwerer atmete. Nach zwanzig Jahren würde sie wieder ihr altes Zuhause betreten. Und es würde ganz anders sein, denn ihr Vater war tot. Dass sie nun all das erben würde, drang noch nicht zu ihr durch. Sie hatte dem Flug nach Mykonos nur zugestimmt, nachdem ihr Angelos zugesichert hatte, dass sie keine endgültigen Entscheidungen treffen müsse. Was er ihr nicht sagte: im Bezug auf die Bilder musste sie sich entscheiden, oder auch nicht: denn Angelos würde ihr keine Wahl lassen. Aber er rechnete fest damit, dass sie zustimmen würde. Wichtiger war: er musste endlich die Geschichte hören. Die Geschichte ihrer Familie.

Sie war der Schlüssel zu dem Fall. Deswegen war Angelos relativ vage geblieben.

„Wieso quetscht du sie nicht hier aus?", hatte Khaled auf ihrem Zimmer im „Reid´s" gefragt.

„Die Ungeduld der Jugend … ich möchte, dass Levi und Gabriel dabei sind. Vielleicht stellen sie Fragen, auf die ich nicht komme!"

„Das bezweifle ich", knurrte Khaled.

„Ist da vielleicht noch ein Rest Eifersucht im Spiel?", neckte Angelos.

„Da stehe ich drüber", sagte Khaled.

Angelos lachte.

„Ich liebe dieses Gesicht!"

„Welches Gesicht?"

„Das Gesicht, das du machst, wenn du das eine sagst, aber etwas anderes meinst", sagte Angelos lachend.

Als die drei in den Hof der Villa Karapatis fuhren, standen Levi und Gabriel vor der Türe.

„Schau mal, wie Gabriel grinst, weil du wieder da bist", knurrte Khaled.

Angelos verdrehte die Augen.

„Er ist unser Freund, deiner auch. Was soll ich anderes tun, als ihm seinen Job wieder zu besorgen. Er ist nach dem Fall wieder weg. Soll ich ihn jetzt verletzen, nur weil du eifersüchtig bist?"

„Na, ich dachte schwule Ehen sind einfacher. War wohl ein Irrtum", sagte Anna und grinste.

„Nicht, wenn man mit einem Araber verheiratet ist", sagte Angelos.

Sie stiegen aus und Levi und Gabriel begrüßten die drei. Gabriel beließ es bei einer Umarmung.
„Sie müssen Anna sein", sagte Gabriel.
„Wir sind vom ‚Institut für besondere Angelegenheiten' in Tel Aviv. Also: vom Geheimdienst!"
„Druckst du auch noch Visitenkarten?", fragte Levi gereizt.
„Alle nach drinnen", sagte Angelos.
„Ich mache Espresso und Sie, Anna, wollen sich bestimmt das Haus ansehen. Lassen Sie sich Zeit und dann treffen wir uns auf der Terrasse und reden, ok?"
Anna nickte und wollte schon gehen, da rief ihr Angelos hinterher:
„Den Keller würde ich meiden. Ihr Vater liegt noch unten. Hätte ich einen Leichen- oder Krankenwagen geholt, wäre es aufgefallen. Wir werden beobachtet, vermute ich. Und Ihr Vater sieht nicht mehr ganz frisch aus!"
„Was meinen Sie?", fragte Anna.
„Er besteht aus zwei Teilen", antwortete Angelos.

36

„Alles fing an, als Pavlos auftauchte. Ein junger Journalist von der ‚Kathimerini‘. Er war hungrig, wie man sagt. Auf der Jagd nach DER großen Enthüllungsstory. So jung, dass er keine Ahnung hatte und sich unbeschwert mit Leuten anlegte, die in der obersten Liga spielten – oder bis heute spielen!"

„Wie Ihr Vater", bemerkte Angelos.

„Ja. Und machen wir uns nichts vor. Reich wird man in Griechenland nicht auf anständige Weise. Das geht in Amerika, wenn Sie eine neue Software oder App entwickeln, aber nicht in den Geschäftsfeldern, die es in Griechenland gibt. Hinzu kommt, dass die meisten Großvermögen ihren Ursprung im Krieg haben. Wenige Jahre nach dem Krieg gab es plötzlich eine Handvoll Familien die stinkreich waren", erzählte Anna.

„Wie Ihre?", fragte Gabriel.

Anna nickte.

„Pavlos fand das ungerecht – wie die meisten Jungen war er so naiv, zu glauben, das könne man ändern. Und pickte sich Vaters Unternehmen heraus. Das sollte ihm nicht gut bekommen!"

„Was meinen Sie damit?", fragte Angelos.

„Als ihm klar wurde, dass Vater ein Kriegsgewinnler war, hat er ihn zur Rede gestellt und das war ein Riesenfehler. Ein paar Tage später hatte er einen Verkehrsunfall!"

„Hier auf Mykonos?", fragte Angelos.

„Nein, bei Kalamata. Er besuchte seine Eltern und fuhr auf gerader Strecke gegen einen Olivenbaum. Er war sofort tot! Ich hatte ihn nach Kalamata begleitet, aus Trotz. Und ich war wohl etwas verliebt!"'"

„Und er wurde ohne weitere Untersuchung beerdigt", stellte Angelos mehr fest als zu fragen.

„Ja. Ich war am Boden zerstört. Pavlos war hübsch. Und ich war blutjung und naiv. Ich ahnte zwar, dass etwas nicht stimmte, aber …"

Anna kämpfte mit den Tränen.

„Und der Aufzug? Sie haben sich nie gewundert?"

„Nein. Wenn Vater weg war, dachte ich immer, er sei im Büro oben und da oben durfte ihn niemand stören. Erst später, viel später habe ich gemerkt, dass der Aufzug auch nach unten fährt. Kaum zu glauben: man lebt zwanzig Jahre in einem Haus und kennt einen Teil nicht!"

Angelos sagte nichts. Sie redet schon weiter, dachte er.

„Ich hatte Pavlos Artikel gesehen, war aber nicht sicher, ob er stimmt. Er war fanatisch, jung halt. Und ich hatte Angst. Was passiert, wenn doch etwas dran ist? Was passiert mit mir? Also habe ich es verdrängt. Ich habe es wohl innerlich für wahr gehalten und deswegen rebelliert. Kein Luxus. Ich trug Klamotten wie jedes normale Mädchen, keinen Schmuck und widersprach meinem Vater in allem. Es herrschte permanent dicke Luft. Sicher auch, weil meine Mutter so bald starb. Sie hinterließ mir Geld, deswegen konnte ich

viel später auch auf Tauchstation gehen. Da ich genügsam bin, ist heute noch ein Teil übrig!"
Sie holte tief Luft.

„Aber Mutter hinterließ mir auch einen Brief, den der Notar mir persönlich übergeben sollte, wenn ich alt genug bin, ohne dass mein Vater es mitbekam. In dem Brief stand, das Geld stamme von ihrer Familie und sei sauberes Geld. ‚Sauber' großgeschrieben. Die Botschaft war klar: es gab ein dunkles Geheimnis!"

Anna stand auf und schaute in Richtung Meer.

„Ich habe ganz vergessen, wie schön die Sonnenuntergänge auf Mykonos sind", sagte sie.
Levi wollte weiterfragen, aber Angelos hielt den Zeigefinger vor den Mund. Lass sie reden, dachte er.

„Ich ging zum Studium nach Athen. Judaistik und Kunstwissenschaften!"

„Warum Judaistik?", fragte Gabriel.

„Aus reiner Opposition. Vater war Antisemit. Oder … ich weiß es nicht. Vielleicht war es die Angst, man könnte das Geheimnis entdecken und ihm sein Vermögen abnehmen. Von dem Medienecho ganz zu schweigen!" Stille.

„Ich war zum ersten Male weg von zuhause und bekam Heimweh. Und Vater vermisste mich. Wir haben uns wieder vertragen und er hat sich sehr bemüht. Er hat sogar Hebräisch gelernt, kaum zu fassen. Er wollte mich wohl beeindrucken, mir zeigen, dass er sich für mich interessiert. Eine Zeit lang ging es gut. Bis zu jenem Tag. Es war der 12. Dezember 2002!"

37

„Im Wohnzimmer hingen Bilder. Als Kind und Jugendlich interessiert man sich nicht für alte Schinken – man hat es gern bunt und mag vielleicht Warhol oder so. Mit meinem Studium änderte sich das und ich erkannte, was da bei uns an den Wänden hing. Alles Kopien, sagte mein Vater. Aber ich war skeptisch. In solchen Kreisen hängt man sich keine Kopien an die Wand. Andererseits war eines der Bilder ein Raffael und es war mehr als unwahrscheinlich, dass eines seiner Bilder an der Wand einer Privatvilla in Mykonos hängt!"

„Stimmt. Und lassen Sie mich raten: kurz darauf war der Raffael weg", sagte Angelos.

„Ja. Angeblich verkauft. Ich wurde misstrauisch und forschte nach. Heute kein Problem mit Internet, damals schwierig. Es dauerte Tage bis ich ein Foto fand – natürlich war es unser Raffael. Gestohlen, aus Polen, glaube ich", sagte Anna.

„Kattowitz, 1977", fügte Gabriel hinzu.

„Darum geht es nicht. Das Gemälde war seit den Dreißigern im Besitz einer jüdischen Familie in Saloniki. Danach geht es mit der Provenienz erst ab 1965 weiter", sagte Anna.

„Aber egal, wie. Es war gestohlen. Punkt. Ich wusste, dass Vater gelogen hat und es keinen Sinn macht, ihn damit zu konfrontieren. Jedenfalls kam dann dieser besagte Freitag im Dezember. Der Aufzug hatte eine Störung. Ein deutscher Aufzug!

Damit rechnete mein Vater wohl nicht, meinte Anna und lachte.

„Ich wollte hoch in mein Zimmer, das Ding aber fuhr nach unten. Ich dachte, meinen Vater trifft der Schlag. Er war bleich im Gesicht und sagte kein Wort. Und ich wusste nun, was in dem Keller hing. Eben nicht nur der Raffael. Danach verließ ich Mykonos. Ich wollte nichts mehr mit meinem Vater zu tun haben. Den Rest kennen Sie!"

Zunächst sagte keiner etwas.

„Anna. Wir wissen bei Gott noch nicht alles. Aber es sieht zumindest so aus, als wollte ihr Vater alles zurückgeben. Er hatte einen Termin mit dem israelischen Botschafter. Zu dem kam es aber nie, denn sein Auto wurde in die Luft gejagt!", sagte Angelos.

„Das hätte er schon längst vorher tun müssen. Nicht erst am Ende seines Lebens. Zudem hat er mich belogen", antwortete Anna.

„Ich würde die Bilder gerne jetzt zurückgeben, wenn Sie einverstanden sind. Zumindest die Nachkommen sollten den Besitz der Eltern wiederbekommen. Behalten können Sie die Bilder ohnehin nicht, denn manche wurden aus Museen gestohlen", sagte Angelos.

„Wie wollen Sie die Bilder zurückgeben, wenn sie Museen gehören?", fragte Anna.

„Indem wir sie nach Tel Aviv schicken, ohne dass jemand etwas weiß – außer den beiden Herren hier!"

Anna lachte.

„Sie sind so unkonventionell wie man sagt!"

„Athen wird es irgendwie erfahren!"

Jetzt lachte Khaled.

„Für Herrn Bürgermeister liegt Athen irgendwo am Südpol. Selbst wenn sie es herausfinden: er würde sagen …"

„… Athen kann mich mal", vollendete Gabriel den Satz.

„Voilà. Wiederspreche niemals deinem Ehemann", sagte Angelos. „Ich mache noch eine Runde Espresso!"

Er verschwand in der Küche.

Anna begann, sich mit Gabriel und Levi auf Hebräisch zu unterhalten.

„Kein Hebräisch in meiner Gegenwart", sagte Angelos, als er mit dem Tablett zurückkam.

„Gut, die Bilder sind wertvoll, aber sprengt man deswegen einen Botschafter in die Luft? Karapatis wollte die Gemälde zurückgeben. Damit wird keinem anderen geschadet", sagte Khaled.

Angelos lächelte und nickte.

„Genau das ist die Frage. Wer fühlte sich bedroht und warum?"

„Und dann bleibt noch eine Frage: wie passt die ‚Venus' aus dem Louvre in die ganze Geschichte?", fügte Khaled hinzu.

„Welche Venus?", fragte Anna.

Khaled schaute Angelos an, aber der schüttelte leicht mit dem Kopf.

„Sorry, da hab ich was durcheinandergebracht. Also was ist das Motiv für die Morde?"

Angelos lächelte dankbar.

Die Geschichte mit der Venus wollte er Anna nicht auch noch zumuten. Aber eines war klar: es musste etwas mit dem Krieg zu tun haben. Fast achtzig Jahre danach. Unfassbar, dachte Angelos. Deswegen sterben noch heute Menschen.

„Wir müssen mehr über Ihren Vater wissen, zumindest aus der Zeit, als Sie noch hier waren, Anna!", sagte Angelos.

„Puh. Sonst weiß ich nichts Außergewöhnliches", antwortete sie. „Er hat nie über Geschäfte gesprochen. Wenn es da Probleme gab – keine Ahnung. Bei Fragen machte er dicht. Sicher hatte er Feinde. Welche Reiche hat das nicht. Oft zu Recht. Aber von Drohungen oder Ähnlichem habe ich nichts mitgekriegt! Sorry!"

„Keine Anzeichen für eine Erpressung oder etwas in der Art?", fragte Khaled.

„Nein. Polizei war hier nie. Da hätte man etwas mitbekommen", sagte Anna.

„Und der nähere Kreis?", fragte Angelos.

„Verwandte? Fehlanzeige. Vater konnte keinen leiden oder umgekehrt. Selbst zu Weihnachten war nie jemand hier. Die Großeltern waren beide tot. Also …"

„Wie sieht es mit Freunden aus oder anderen Besuchern, die regelmäßig kamen?", fragte Angelos.

„Freunde? Hatte er nicht. Er hätte auch keine Zeit dafür gehabt", sagte Anna.

„Gut. Das reicht für heute. Anna, Sie sollten nicht hier übernachten. Sie können gerne mit zu uns", schlug Angelos vor.

Anna schüttelte den Kopf.

„Ich bin seit zwanzig Jahren allein. Außerdem möchte ich gerne mit dem hier abschließen, denn ich will mit all dem nichts mehr zu tun haben. Ich lasse das Haus verkaufen. Um die Bilder kümmern Sie sich ja. Danke für das Angebot, aber ich bleibe hier!"

Angelos war dezidiert anderer Meinung und schaute Gabriel an.

„Äh, ich bleibe gerne hier. Zur Sicherheit. Hier sind ja noch die Bilder und die sind Millionen wert!"

„Lumpige 260 Millionen", sagte Khaled lachend. Die Summe hatten sie aus den Interpolakten errechnet. Aber das waren nur Schätzungen – und auf dem Schwarzmarkt war deutlich mehr drin. Ein Privatsammler wie Karapatis würde höchste Preise zahlen.

„Gut, dann machen wir es so. Danke, Gabriel!", sagte Angelos.

„Warten Sie. Jetzt fällt mir etwas ein. Er hatte nie Besuch, außer von einem Mann. Der war ab und zu da und ich wurde jedes Mal weggeschickt, wenn er kam", sagte Anna plötzlich.

„Und wer war das?", fragte Angelos.

„Ein anderer Reeder und Ganove – Dimitrios Menos!"

Und der war – laut der Haushälterin – auch der letzte Besucher.

38

Es war kurz nach drei Uhr morgens, als das letzte Mitglied von „Patrida" auf Dimitrios Menos´ Insel eintraf.

Wie erwartet war es Livinos, der als erstes das Wort ergriff.

„Ich bin nur unter Protest hier. Laut unseren Regeln darf nur der Vorsitzende die Mitglieder einberufen!"

„Ich möchte deine Position nicht infrage stellen, obwohl es deine Handlungen waren, die uns nun in ernsthafte Schwierigkeiten gebracht haben", sagte Menos und so mancher nickte.

Er hat sie vorher gebrieft, dachte Livinos.

„Es geht nicht mehr um Formalien, sondern um unsere Existenz und ich meine nicht nur unseren Kreis, sondern die Existenz jedes Einzelnen", sagte Menos.

„Komm zur Sache", blaffte Livinos.

„Leider hat unser Vorsitzender meine Mahnungen nicht ernst genommen. Ich habe auch in einem persönlichen Gespräch davor gewarnt, Nikakis zu unterschätzen. Und leider hat es sich bewahrheitet!"

An der Stelle machte Menos eine kleine Pause. Soll Livinos ruhig noch ein bisschen mehr nervös werden.

„Nikakis hat die Tochter gefunden und sie nach Mykonos gebracht. Sie ist in diesem Moment in Karapatis´ Haus!"

Ein Raunen ging durch den Raum.

„Ich wundere mich, dass es Nikakis gelungen ist. WIR hätten schneller sein müssen, Es besteht wohl kein Zweifel, dass Nikakis nun die Puzzleteile fast beieinanderhat. Setzt er sie richtig zusammen, sind wir alle – WIR ALLE – erledigt!"

„Wir müssen handeln", rief einer.

„Das ist noch nicht alles. Ich befürchte, dass er auch die ‚Venus' entdeckt hat. Damit ist ihm klar, dass es nicht nur um ein paar gestohlene Gemälde handelt!"

„Sie waren nicht gestohlen. Wir haben sie vor der jüdischen Großfinanz gerettet", sagte Livinos.

„Dein Antisemitismus ist von gestern. Ein paar rechte Irre mögen dir recht geben, ich nicht. Obwohl auch ich – wie jeder hier – mitgemacht hat, aus angeblich hehren Gründen. Jetzt stürzt das ganze Haus ein. Karapatis´ Gemälde sind schon verloren. Nikakis schickt sie nach Tel Aviv!"

„Unerhört. Das darf er nicht", schrie Livinos.

„Natürlich nicht. Er müsste Athen fragen, aber die Antwort wird ihn nicht interessieren. Im Übrigen geht es nicht mehr nur um Karapatis´ Bilder. Es geht um jedes einzelne Stück, jedes Bild, das sich in eurem Besitz befindet. Alles ist in Gefahr. Nikakis wird noch ein paar Tage brauchen, aber er hat Hilfe aus Tel Aviv und die werden ihm helfen, die ganze Geschichte ab 42 zu rekonstruieren. Leider habe ich keine Informationsquelle mehr im Haus!" Menos seufzte.

Nikakis hatte die Wanze entdeckt.

Und die Haushälterin nach Hause geschickt. Sie war die zweite Wanze.

„Wie gesagt, ich schätze: wir haben noch eine kleine Gnadenfrist!"

„Dann müssen wir schnell handeln. Wir neutralisieren Nikakis", schlug Livinos vor.

„Dann haben wir seinen Ehemann am Hals. Vergesst nicht: er war Kronprinz, hat enorme finanzielle Mittel und Nikakis ist die Liebe seines Lebens", sagte Menos.

Livinos lachte spöttisch.

„Mit der Schwuchtel werden wir schon fertig!"

„So erfolgreich wie bisher?", ätzte Menos.

„Wenn ich es recht betrachte, hat die ‚Schwuchtel' Nikakis in nur wenigen Tagen das ins Wanken gebracht, was wir 80 Jahre lang aufgebaut und bewahrt haben. Ich sehe aber auch keine andere Möglichkeit. Man hätte viel früher reagieren müssen, nein, man hätte mehr nachdenken müssen, bevor man Kurapatis und den Botschafter tötet!"

„Soll das ein Vorwurf an mich sein?", fragte Livinos laut.

„An wen denn sonst?", gab Menos spitz zurück.

„Um einen weiteren Fehlschlag zu verhindern, schlage ich vor, dass ich mich dieses Themas annehme, wenn die erlauchte Runde mir zustimmt!"

„Kommt nicht infrage", sagte Livinos. „Du bist viel zu …"

„…alt?", fragte Menos.

„Nun, du als Junger hattest deine Chance. Verblendet und selbstverliebt hast du geglaubt, es verlaufe alles entsprechend deines Plans. Lass dir eines gesagt sein: Macht ein Mensch einen Plan, lacht Gott!"

Menos blickte in die Runde.

„Wer einverstanden ist, dass ich die Aktion übernehme, hebe bitte die Hand!"

Bis auf Livinos hoben alle die Hand.

„Gut. Ich halte euch auf dem Laufenden!"

Als alle gegangen waren, ging Menos auf die Terrasse und blickte auf das dunkle Meer.

Diesmal brauchen wir keinen Garottenmann, sondern einen Scharfschützen. Kurz und schmerzlos.

Es gäbe noch einen Weg, aber das wäre der Notplan für den Fall des Scheiterns.

Dimitrios Menos hatte kein gutes Gefühl.

39

Am nächsten Morgen stand Bürgermeister und Kommissar Angelos Nikakis zu nachtschlafender Zeit auf. Es war 9 Uhr 30. Üblicherweise öffnete keiner der Herren auch nur ein Auge vor elf Uhr.

Dementsprechend überrascht war Khaled, als er sah, wie sich Angelos aus dem Bett quälte.

„Was ist in dich denn gefahren?", fragte er.

„Ich bin auch noch Bürgermeister – und der sollte sich ab und zu im Rathaus sehen lassen", antwortete Angelos mürrisch.

„Geh duschen und ich mache Espresso", sagte Khaled.

„Danke, mein Prinz!"

Als Angelos in die Küche kam, saß Gabriel am Küchentisch – und schlief.

„Da hat aber jemand wirklich Wache gehalten", sagte Angelos.

„Gib ihm einen Kuss und er ist hellwach", knurrte Khaled.

„Gib ihm lieber einen dreifachen Espresso", sagte Angelos. Und tatsächlich holte der Geruch Gabriel aus seinen süßen Träumen.

„Äh, guten Morgen", presste er hervor.

„Levi hat dich abgelöst?", fragte Angelos. Gabriel nickte nur.

„Wo willst du hin?", fragte er.

„Ins Rathaus", antwortete Angelos knapp.

„Unter keinen Umständen alleine. Ich komme mit", sagte Gabriel.

„Du schläfst dich aus!", befahl Angelos.

„Nein. Ich werde nicht den gleichen Fehler zwei Mal machen", widersprach Gabriel.

„Dann komme ich auch mit", sagte Khaled.

Angelos verdrehte die Augen.

„Ein Bürgermeister mit zwei Bodyguards. Wie sieht das denn aus?"

„Wie eine Ehe zu dritt", knurrte Khaled.

„Was anderes. Gabriel. Wir müssen Dimitrios Menos unter die Lupe nehmen. Das Problem ist nur, dass seine Insel hermetisch abgeriegelt ist", sagte Angelos. „Kann man Satellitentelefone eigentlich abhören?"

„Klar. Sie laufen über einen Satelliten, der irgendeinem gehört und der kann sich Zugang verschaffen. Außer es handelt sich um Krypto-Handys", antwortete Gabriel.

„Ok, und über Drohnen könnte man die Besucher erfassen!"

Gabriel nickte.

„Und ich soll Tel Aviv fragen, ob sie eine Drohne schicken und den Satelliten anzapfen, richtig?"

Angelos lächelte und nickte.

„Erinnere sie doch an die Bilder", schlug Angelos vor.

„Das ist nicht das Problem. Aber dazu brauchen wir die Zustimmung des jeweiligen Landes!"

„So? Ich dachte, gerade euch interessiert das nicht", sagte Angelos mit ironischem Unterton.

„Das stimmt schon. Aber hier geht es nicht um die nationale Sicherheit. Selbst wegen der Gemälde wird Tel Aviv keinen Krach mit Griechenland riskieren. Du weißt, wie wichtig die Gaspipeline von Israel nach Griechenland ist. Das alles ist heikel!"

„Aber es geht auch um den Mord an eurem Botschafter", warf Khaled ein.

„Was noch nicht bewiesen ist", meinte Gabriel. „Ich meine, ich glaube dir ja, Angelos und finde alles nachvollziehbar. Ich weiß nur nicht, ob mein Chef das genauso sieht. Ginge es um den Iran oder Terroristen würden sie nicht zögern …"

„Sag ihnen, dass Griechenland es nicht nur genehmigt, sondern sogar wünscht", sagte Angelos.

Gabriel schaute erstaunt.

„Ich werde mit Migiakis telefonieren. Er wird zetern, aber er wird zustimmen!"

Migiakis stöhnte.

„Deine Stimme zu hören, bedeutet immer eines: Ärger!"

„Wie sprichst du mit dem schönsten Bürgermeister Griechenlands?", fragte Angelos.

„Ich werde die ‚Vogue' anrufen, dass sie die nächste Wahl vorziehen", sagte Migiakis.

„Was am Ergebnis nichts ändert!", antwortete Angelos lachend.

„Angeber. Was willst du? Nein, richtiger müsste es heißen: was gibst du mir gnädigerweise zur Kenntnis?"

„Komm, manchmal bitte ich auch um etwas", sagte Angelos.

Migiakis fiel aber nichts ein.

„Ich lasse Dimitrios Menos überwachen!", sagte Angelos.

Stille.

„Bist du verrückt? Einen der reichsten Männer des Landes! Warum?"

„Wegen der Beteiligung an Betrug, Kunstdiebstahl – und dem Mord am israelischen Botschafter!"

„Du bist verrückt. Was sollte Menos davon haben, den Botschafter umzubringen?", fragte Migiakis. Angelos skizzierte kurz die Sachlage,

„Das ist aber sehr dünn"; gab Migiakis zu bedenken.

„Genau deswegen. Außerdem sollen nicht unsere Leute die Überwachung durchführen, sondern die Israelis", entgegnete Angelos.

„Jetzt drehst du endgültig durch. Wenn das rauskommt, dann …"

„Eben deswegen Tel Aviv. Was ist dein Problem? Bekommst du Spenden von Menos?", fragte Angelos.

Es war ein leises „Ja" zu hören.

„Gut. Hör zu: tauchen Unterlagen mit deinem Namen auf, landen die in meinem Papierkorb. Ich will keinen anderen Premierminister", sagte Angelos.

„DU würdest mich wählen?", fragte Migiakis erstaunt.

„So weit würde ich nicht gehen!"

„Lass mich raten; die Aktion läuft schon", knurrte Migiakis.

„Könnte sein", sagte Angelos und lachte.

„Toller Rechtsstaat, deine Insel!"

„Ein gerechter Staat ist wichtiger als ein Rechtsstaat. Letzterer schützt leider auch Gauner und Mörder. Wir wissen beide, dass Menos jeden griechischen Gerichtssaal frei verlassen würde", sagte Angelos.

Stille.

„Also gut. Aber bitte geh mit Fingerspitzengefühl vor", mahnte Migiakis an.

„Das ist mein zweiter Vorname", sagte Angelos.

Nach Beendigung des Gesprächs lachten Khaled und Gabriel laut.

„Was haltet wir davon, kurz Pause im ‚Da Vinci' zu machen?", fragte Angelos.

Es kam kein Widerspruch.

wan Lawrow sah sich auf der Terrasse um. Gute Sicht und durch die Mauer rechts und links relativ windgeschützt. Er sah durch das Fernglas hinunter zur Chora, der Altstadt. Er hatte das Rathaus und die Fläche davor gut im Blick. Gute Voraussetzungen.

Lawrow hatte das oberste Stockwerk gewählt, damit er ungestört würde arbeiten können.

Der Anruf kam früh und war dringlich. Ein Job am selben Tag des Auftrags war für ihn undenkbar. Man musste die Location prüfen, die Windverhältnisse mindestens einen Tag beobachten und einen, besser zwei Fluchtwege planen.

Er hatte das „Nein" schon auf den Lippen. Dann sagte sein Auftraggeber oder Vermittler die magischen Worte „500.000 Euro"!

Das war bedeutend mehr als bei all seinen Aufträgen zuvor. Profikiller werden nicht alt. Nicht weil der Job so aufreibend war oder man gar erwischt wurde. Nein. Wurde man zu alt, beschließt irgendjemand, dass der Profikiller zu viel weiß. Und so beauftragt man meist Nachwuchstalente, die sich dadurch bewähren sollten, dass sie den älteren Kollegen ins Jenseits befördern.

Daher machte Lawrow folgende Überlegung: Mit seinen bisherigen Geldern zusammen, könnte er in den vorzeitigen Ruhestand gehen. Mit 39 Jahren. In der Blüte des Profikiller-Lebens.

Lawrow musste also seine Grundsätze über den Haufen werfen. Verdächtig war es schon, morgens einzuchecken. Das ging zwar mit Geld problemlos, aber man würde sich erinnern. Der falsche Pass würde sie zwar auf eine andere Spur führen, Zeit genug für Lawrow, um abzuhauen, aber riskant war es dennoch.

Der Wind lag gleichbleibend zwischen 1 und 2 ohne Böen.

Sein Vermittler hatte ihm noch gesagt, dass die Auftraggeber zu den wichtigsten und reichsten Männern des Landes gehören. Sie erwarten ein sauberes Ergebnis. Es könnte daher sein, dass man ihn auch selbst entsorgen würde. Lawrow war alles andere als naiv. Die Anzahlung ging auf die Caymans, der Rest nach Guernsey. Und ich flüchte per Hubschrauber vom Leuchtturm-Plateau. Zehn Minuten Fahrt. In der Zeit würden sie es nicht schaffen, Straßen zu sperren, schon gar nicht um den Hafen herum. Der lag keine dreihundert Meter bergab.

Lawrow hatte beobachtet, wie das Opfer das Rathaus betrat. Das war gegen 10.45 Uhr.

Er baute sein Stativ mit dem Präzisionsgewehr auf, ohne jede Eile.

Was er nicht ahnen konnte: Bürgermeister Nikakis unterbrach seine Aufenthalte im Rathaus gerne und ging in das benachbarte Café.

So war es auch heute.

Lawrow justierte gerade das Rad für die richtige Windeinstellung, als Nikakis das Rathaus verließ.

Das gibt´s doch nicht.

Lawrow hatte mit 15.00 Uhr gerechnet, zumindest wurde ihm dies so gesagt. Das passiert, wenn man keine Zeit hat, selbst zu observieren und den Tagesablauf des Opfers auszukundschaften.

Lawrow kämpfte mit sich. 500.000 abschreiben? Letztlich siegte die Gier. Und er hatte Glück. Nikakis blieb vor dem Rathaus stehen und unterhielt sich mit zwei Männern und bot die ideale Zielscheibe.

Auf geht´s. Die Entfernung betrug etwa 950 Meter. Kein Problem.

Lawrow zielte. Und schoss. Und verfehlte das Ziel. Das ist mir noch nie passiert.

Aber das Opfer hatte es noch nicht realisiert. Alle drei vor dem Rathaus schauten verwundert. Dann hatte Lawrow Pech.

Einer der drei Männer reagierte und stieß Angelos Nikakis weg und stand nun selbst in der Schusslinie. Aber die Kugel hatte den Lauf schon verlassen.

Sie traf den anderen Mann, der zusammenbrach. Nikakis und der andere flüchteten hinter die Säulen.

Weg hier. Und zwar schnell.

42

„GABRIEL!", rief Angelos entsetzt und sprang hin zu dem verletzten Israeli.

„Bleib in Deckung. Er könnte noch da sein", rief Khaled.

„Mir Scheißegal. Komm jetzt her!"

Angelos nahm Gabriels Kopf und lächelte ihn an.

„Mir ist kalt", sagte Gabriel und begann zu zittern. Sofort zog Angelos sein Shirt aus und legte es ihm über den Oberkörper.

„Khaled, gib mir deines auch!"

„Es riecht nach dir", sagte Gabriel.

„Du kannst es gern behalten, wenn du mir versprichst, am Leben zu bleiben!"

„Wo hat es ihn erwischt?", fragte Khaled.

„Am Rücken", sagte Angelos, der es gesehen hatte.

„Vorne ist nichts. Sollen wir ihn umdrehen? Wir müssen die Blutung stillen!", schlug Khaled vor.

„Nein. Unter keinen Umständen. Ruf André an. Er soll einen Krankenwagen schicken. Rückenmarkverletzung. Es ist wenig Blut zu sehen. Es könnte auch die Lunge gestreift haben. Hast du Schmerzen beim Atmen?"

Gabriel schüttelte den Kopf.

„Die Kugel muss fast parallel geflogen sein. Fünf Zentimeter weiter zum Ufer und es wäre nichts passiert. Fünf Zentimeter näher, und es hätte Lunge und Herz von der Seite erwischt", sagte Angelos.

„Kannst du versuchen, die Zehen zu bewegen?"
Es dauerte einige Sekunden. Nichts rührte sich.
„Sie bewegen sich nicht, oder? Ich habe auch kein Gefühl mehr", sagte Gabriel.
„Ich zwicke dir jetzt in den Schenkel und du sagst mir, ob du etwas spürst", meinte Angelos.
Das Ergebnis war ernüchternd.
„Ich bin gelähmt", sagte Gabriel und trotz der Schmerzen versuchte er, sich zu bewegen. Es war ein doppelter Schlag.
Er begann zu weinen.
„Das war´s. Wenn ich es überlebe, sitze ich im Rollstuhl. Ein Geheimagent ohne Beine!"
Er lachte. Ein fatalistisches Lachen.
„Das weißt du doch noch gar nicht", sagte Angelos. „Alles der Reihe nach. Erst das Krankenhaus!"
Aber Gabriel konnte in Angelos´ Gesicht dessen Vermutung lesen. Ja, Gabriel, wenn kein Wunder geschieht, wird es der Rollstuhl.
„Du wusstest, dass das erste Geräusch eine Kugel war?", fragte er.
Gabriel nickte.
„Warum hast du nicht …"
„Es war keine Zeit. Ich musste mich vor dich stellen. Diesmal habe ich meine Aufgabe erfüllt", sagte Gabriel zunehmend stockend.
Angelos kamen die Tränen. Er wusste es, seit Gabriel gestürzt war. Gabriel hatte „seine" Kugel eingefangen.
„Du hättest es nicht tun müssen oder sollen", sagte Angelos leise.

„Ich bin froh, dass du noch lebst. Alles andere ist egal", flüsterte Gabriel.

„Unsinn! Nicht einschlafen! Denk an was Schönes! Denk an mich!", sagte Angelos.

Gabriel musste lachen. Ein verzerrtes Lachen, gepaart mit Husten.

„Wir kriegen das hin. Ich werde dich nicht alleine lassen. Ich werde mich um dich kümmern. Ich verspreche es dir", sagte Angelos.

Jetzt konnte Gabriel nur noch lächeln, aber nichts mehr sagen.

Dann raste der Krankenwagen die Promenade entlang und kam vor dem Rathaus zum Stehen. Chefarzt André stieg aus.

„Wieso kriegt jeder, der mit dir zu tun hat, eine Kugel ab?", fragte er.

„Du bist ein Arschloch", antwortete Angelos.

„Im Übrigen lebst DU ja noch. Was sich ändern ließe!"

43

Sechs Stunden später saßen Angelos, Khaled und Levi in der Villa Nikakis.

„Er hat sich in die Kugel geworfen", sagte Angelos leise und schüttelte den Kopf.

„Also ich bin ihm sehr dankbar, sonst wäre ich jetzt Witwer", meinte Khaled.

„Bitte erinnere dich an deine Dankbarkeit und zeig sie Gabriel. Er braucht jedes Lächeln!"

„Aus dem Rollstuhl kommt er nicht heraus, sagt André. Gerade mal dreißig", sagte Angelos.

„Was passiert in Israel mit ihm?", fragte er.

„Kleine Rente und ein Invalidenheim. Familie hat er keine. Und mit Freunden sieht es bei jedem Agenten dünn aus. Das Risiko ist zu groß, dass man sich in Widersprüche verwickelt und die Tarnung auffliegt. Also: keine rosigen Aussichten." Angelos schüttelte den Kopf.

„Das können wir nicht tun", sagte er und schaute Khaled an.

„Das ist heute der falsche Tag dafür. Die erste Zeit kann er hierher", sagte Khaled.

Wie gnädig, dachte Angelos.

„Wie konnte er es tun?", fragte Angelos und raufte sich die Haare.

„Na, du kannst fragen", sagte Levi.

„Nachdem er seiner Meinung bei Dayan versagt hat, wollte er seinen Job dieses Mal erfüllen. Außerdem …"

„Er liebt mich, ich weiß. Aber ich kann ihm diesen Wunsch nicht erfüllen. Es ist nicht der Rollstuhl. Ich bin mit Khaled verheiratet. Basta!"

Khaled war erleichtert. Ehrlich gesagt hatte Angelos daran nie einen Zweifel gelassen.

„Wie lange bleibt er noch in der Klinik?", fragte Levi.

„12-14 Tage. Die Schusswunden sind relativ leicht, wäre sie nicht durch den Latissimus in Richtung Wirbelsäule geleitet worden. Ein paar Zentimeter", sagte Angelos.

„Gut, der Schütze ist weg, außerdem kriegen wir ihn, wenn wir das Geheimnis der Bilder lösen. Levi, kümmerst du dich um die Überwachung der Kommunikation?"

„Machen wir!"

„Hat er nichts getan, schaue ich saublöd aus der Wäsche!", sagte Angelos.

Und tatsächlich sollte es zermürbende zwölf Tage dauern, bis sie einen Treffer landeten.

44

Du bist dir sicher, dass du ihn aufnehmen willst? Das ist keine Angelegenheit von ein paar Monaten!", stellte Chefarzt André Silva fest.

„Ich bin nicht dumm, André. Ich meine es so, wie ich es sage", antwortete Angelos.

„Du bist dir im Klaren darüber, dass das deine Ehe gefährdet. Ist Khaled einverstanden?"

Angelos holte tief Luft.

„Er sagt ‚Ja' …"

„… meint aber ‚nein'", ergänzte André.

„So in etwa. Aber da kann es keine Kompromisse geben. Ich bin so wie ich bin. Ich würde es mir nie verzeihen, würde ich Gabriel im Stich lassen. Schließlich hat er die Kugel abbekommen, die für mich bestimmt war", sagte Angelos.

„André, ich war selbst Opfer und hatte niemand. Das soll ihm nicht passieren. Khaled ist selbst nie etwas passiert. Sicher: seine Schwester wurde ermordet. Aber das ist nicht dasselbe. Er versteht es – oder nicht. Ich hoffe und glaube, er begreift es!"

„Ansonsten müsstest du ein drittes Mal heiraten", stänkerte André.

„Sehr witzig!"

„Ich muss aber zugeben, dass es sein könnte, dass ich eventuell etwas Hochachtung für dich habe", meinte André.

„Ein Kompliment mit drei Einschränkungen. Für dich eine reife Leistung", sagte Angelos mit einem Lächeln.

„Äh. Noch eines: ich habe mit ihm gesprochen. Ich habe den Eindruck, er hat sich in dich verknallt", sagte André.

„Das wäre eine Untertreibung. Aber er weiß auch, dass daraus nichts wird. Ich liebe Khaled. Das heißt aber nicht, dass ich ihm nicht helfen werde. Was ist dabei, wenn er sich verliebt hat? Soll ich ihn deswegen fallenlassen?"

„Natürlich nicht. Aber sei vorsichtig. Die Stimmung im Haus wird angespannt sein", warnte André Angelos.

„Das ist sie jetzt schon. Dabei ist Gabriel noch gar nicht da. Aber da gibt es nichts zu diskutieren!"

„Du müsstest ihn vielleicht einmal waschen!"

„Na und?", fragte Angelos.

„Das wäre das erste Geschlechtsteil, das du nicht in den Mund nimmst", stichelte André.

„Du bist wirklich witzig. Ich bin noch nie fremdgegangen. Und das weißt du!"

André nickte.

„Ich schicke täglich eine Schwester, die nach Gabriel schaut und etwas Physio mit ihm macht. Mehr als eine Stunde geht aber nicht!"

„Danke. Das wird reichen", sagte Angelos und stand auf.

Auf dem Weg zur Tür sagte André:

„Ich glaube, Alex wäre stolz auf dich!"

Alex. Angelos´ verstorbener erster Mann.

„Womöglich wäre er das, ja!"

45

Angelos und Khaled hoben den Rollstuhl aus dem Krankenwagen. Gabriel schaute verängstigt.

Der Krankenhauspatient, der ins normale Leben zurückkehrt – an dem nichts mehr normal ist.

„Brukhim haBaim", sagte Angelos grinsend.

„Aber mehr als zwei Sätze Hebräisch kann ich nicht. Und es gibt kein Willkommen-Transparent. Das ist mir zu melodramatisch. So, festhalten. Es geht in die Küche und dann kriegst du etwas Anständiges zu essen!"

„Danke", sagte Gabriel, der noch immer unsicher war.

„Beruhige dich. Es passiert nichts, was du nicht willst. Es kommt jeden Tag eine Schwester. Ansonsten kümmern sich Khaled und ich um dich. und zwar so lange, wie du es brauchst. Wir schicken dich nicht weg, falls das deine Angst ist. Ein Veteranenheim in Israel kommt nicht infrage!"

„Woher ...?", stammelte Gabriel.

„Levi hat mir erzählt, was man mit nicht mehr brauchbaren Agenten macht. Nicht sehr anständig!"

„Und was ist mit Khaled?", fragte Gabriel leise.

„Das kriege ich schon hin. Du bist auch sein Freund, aber seine Eifersucht spielt ihm mitunter Streiche. Araber!", sagte Angelos und verdrehte die Augen.

„Israelis sind nicht anders", sagte Gabriel.

„Eine Ehe zu Dritt funktioniert nicht", fügte er hinzu.

„Was zu beweisen wäre. Außerdem schlafen wir nicht miteinander, sorry. Wenn Khaled das begriffen hat, wird es irgendwie gehen", antwortete Angelos.

„Ani ohey otcha", murmelte Gabriel.

Angelos lächelte.

„Zufällig der zweite Satz Hebräisch, den ich verstehe.

Aber ich liebe dich nur als Freund. Es tut mir leid!"

„Das braucht dir nicht leid zu tun. Du tust schon genug!"

„Fang jetzt nicht das Weinen an. Ich habe Alex´ Tod noch nicht verwunden und bin noch sehr wacklig, auch wenn es nicht so aussieht", meinte Angelos. „Also bitte keine Tränen. Dir wird es bei uns gutgehen. Und jetzt geht es in die Küche!"

Khaled kochte – und gab sich alle Mühe.

„Der Kronprinz am Herd. Dein Bruder würde sich totlachen", sagte Angelos und umarmte Khaled von hinten.

„Ich bin lernfähig", sagte er.

„Das stimmt. Und du hast es nicht leicht mit mir", flüsterte Angelos in Khaleds Ohr.

„Was wird das?"

„Rührei. Alternativ gäbe es noch Spiegelei. Länger ist die Speisekarte noch nicht", sagte Khaled.

Angelos lachte.

„Dann gibt´s morgen Steaks und wir grillen!"

„Grillen? Darauf warte ich seit Wochen", knurrte Khaled.

„Ich grille für EUCH BEIDE", sagte Angelos gereizt.

Das wird ein harter Kampf, dachte er.

Er fuhr Gabriel auf die Terrasse.

„Ich gehe kurz zu Alex´ Grab. Dauert nicht lang!"

„Ich laufe nicht weg", sagte Gabriel, lächelte aber.

Angelos ging zum Grab von Alex, das am hinteren Ende des Gartens lag. Wobei Garten und Mykonos zwei Begriffe sind, die sich schwer vertragen. Ohne Wasser kein richtiger Garten. Und Wasser ist Mangelware und Bürgermeister Nikakis´ größte Sorge.

Angelos kniete sich neben das Grab.

„Alex, hilf mir. In solchen Lagen merke ich, wie sehr du mir fehlst. Deine Unterstützung. Du hast mir immer den Rücken gestärkt. Ohne dich schwimme ich. Mache ich es falsch? André meinte, du wärst stolz auf mich. Ich wollte es wäre so!"

Als Angelos zurück war, sagte Gabriel:

„Er fehlt dir sehr, nicht wahr?"

„Er wird mir immer fehlen!"

„Du warst nicht schuld", sagte Gabriel.

„Da bin ich mir nicht sicher. Aber ändern kann ich es nicht und Alex hätte gewollt, dass ich weitermache. Und ER hätte keine Sekunde gezögert, dich aufzunehmen. Da bin ich mir sicher! ‚Brukhim haBaim' hätte er gesagt. Gut, er hätte fünf Versuche gebraucht. Fremdsprachen waren nicht seine Stärke"!

Angelos lachte.

„Wobei: wahrscheinlich hätte er sich in den Schuss geworfen und säße jetzt an deiner Stelle im Rollstuhl!"

„Er war auch nicht so eifersüchtig wie Khaled", meinte Gabriel.

„Oh herrje. Das stimmt nun wirklich nicht. Er hat mir einmal unterstellt, ich hätte was mit einem 19-jährigen. Und mir ist die Sicherung durchgebrannt: ich habe ihm mitten ins Gesicht geschlagen!"

„DU? Das kann ich mir überhaupt nicht vorstellen", sagte Gabriel.

„Und Alex stand auf und hat sich entschuldigt. ER bei MIR. Tja, so war er!"

46

D er arme Kerl", sagte Khaled. Die beiden lagen im Bett im Obergeschoss der Villa.

„Hm", lautete Angelos´ Kommentar.

„Hallo? Erde an Angelos", hakte Khaled nach.

„Entschuldige. Bei Mitleid und Bedauern dürfen wir es nicht belassen. Das hat er nicht verdient. Wir müssen etwas tun", sagte Angelos.

„Was sollen wir schon tun? Wir sind keine Ärzte. Mit der Zeit wird er schon wieder auf die Beine kommen", antwortete Khaled, merkte aber sofort, dass es gerade die Beine waren, die bei Gabriel nicht mehr funktionieren.

„Es geht nicht um Medizin, sondern seine unmittelbare Zukunft. Um das Jetzt. Wie können wir ihm ab morgen helfen?"

„Ich verstehe nicht, was du meinst?", fragte Khaled.

„Wirklich nicht. Du bist doch sonst so empathisch. Wo soll Gabriel hin? Zurück nach Israel? Er hat keine Familie, denn Geheimdienste bevorzugen Waisen. Außerdem hat er seinen Job verloren. Er würde mittellos in einem Behindertenheim enden und die sind schon in Griechenland eine Schande!"

„Das stimmt zwar alles, aber du bist nicht verantwortlich für alles Leid der Erde", knurrte Khaled.

„Du vergisst, dass er nur deswegen im Rollstuhl sitzt, weil er sich eine Kugel eingefangen hat, die für mich bestimmt war. Schon vergessen? Entweder wäre ich jetzt tot oder ich säße im Rollstuhl!"

Bei Angelos ging der Blutdruck nach oben.

„Es war seine freie Entscheidung. Und wir beide wissen, warum er es getan hat", hielt Khaled dagegen.

„Weil er mich liebt, ja. Und? Ist das ein verwerflicher Grund in deinen Augen? Vielleicht hat er sich ja auch als Freund dazwischen-geworfen. Ein bisschen Dankbarkeit wäre schon angebracht. Auch von deiner Seite!"
Jetzt wurde Angelos laut.
Khaled murmelte etwas Unverständliches.
„Ich glaube es nicht. Deine Eifersucht, vollkommen unbegründet nebenbei, scheint stärker als Menschlichkeit. Er war, er ist auch dein Freund. Er spricht nur gut über dich. Und du? Du sprichst von ihm, als wäre er ein Fremder, der selber schauen soll, wie er zurechtkommt!"
„Jetzt mal langsam. Ich habe ja nichts dagegen, ihm zu helfen. Aber das hat Grenzen. Du bist nicht sein Vater. Und nicht sein Ehemann, das bin nämlich ich" – und auch Khaled wurde laut.
„Ein kleinlicher Ehemann, der aus Eifersucht einen Freund in Not fallenlässt. Er hat dich nie hintergangen, nie bei mir gegen dich gestichelt, mich nie ernsthaft angebaggert. Auch, weil ich nicht mitgemacht hätte", sagte Angelos laut und wurde wütend.
„Und? Was hat sich mein Samariter vorgestellt?", ätzte Khaled.
„Sarkasmus steht dir nicht. Soviel egoistische Gleichgültigkeit macht mich fassungslos".
Angelos schüttelte den Kopf.
Dann herrschte kurz Stille, bis Angelos die Bombe platzen ließ:
„Ich denke, es ist das Beste, wenn Gabriel die nächste Zeit bei uns bleibt!"

„WAS BITTE? Das geht zu weit. Wir haben ein eigenes Leben. Wir können uns nicht den ganzen Tag um einen Behinderten kümmern, so tragisch das Ganze auch ist", schrie Khaled.

„Ah. Ein Behinderter. ER IST EIN FREUND. Was ich vorschlage, ist eine Selbstverständlichkeit", brüllte Angelos.

Ich erkenne meinen Mann nicht wieder, dachte Angelos.

„Und wo soll er wohnen? Vielleicht bei uns hier oben?", stänkerte Khaled.

„Als ob wir in diesem Palast nicht genügend Platz hätten. In einem der zahllosen Gästezimmer im Untergeschoss!"

„Und wie soll er von dort nach oben kommen? Du vergisst die lange Rampe! Die Treppe fällt ohnehin flach!"

„Nein. Hab ich nicht vergessen. Wir bauen einen offenen Aufzug. Der kostet nicht die Welt. Wenn wir uns einen Palast, eine Yacht und ein Flugzeug leisten können, wird wohl Geld für einen Aufzug da sein. Oder ist all das plötzlich wieder dein Eigentum?", fragte Angelos.

„Nein. Natürlich nicht", antwortete Khaled.

Plötzlich hörte man ein Räuspern.

Es war Gabriel, der mit seinem Rollstuhl die Rampe hochgefahren war.

„Hört auf, wegen mir zu streiten. Ich will euch nicht belasten. Aber danke, Angelos, für dein Nachdenken!"

Gabriel liefen die Tränen herunter. Er wendete den Rollstuhl und fuhr davon.

Angelos drehte sich zu Khaled und sagte mit wütender Miene:

„Bravo. Du trittst einen Menschen, der ohnehin schon auf dem Boden liegt. Du solltest dich was schämen! Gut, mir reicht´s für heute. Ich schlafe unten auf der Couch!"

Angelos zog sich die Jeans an und ging nach unten.

„Angelos!", rief Khaled.

„Leck mich!", lautete die Antwort.

4.7

Angelos ging die Treppen nach unten. Im Haus der Herren Nikakis, eher ein Palast, führten sowohl Treppen als auch eine Rampe zu den zwei Stockwerken und dem Untergeschoss. Zwischenwände gab es nicht. Nur die Gästezimmer im Souterrain waren abgetrennt. Angelos ging in die Küche um machte sich den achten Espresso des Tages.

Ich sollte Gabriel hinterhergehen und ihn trösten. Aber ich kann nicht. Der ganze Tag und der Streit mit Khaled haben mir die letzte Kraft geraubt. Morgen werde ich das Thema noch einmal anschneiden und ich werde mich durchsetzen.

Einfach deswegen, weil es richtig ist. Basta.

Aber eben wegen dieses „richtig" fand Angelos keine Ruhe. Denn es wäre die richtige Reaktion gewesen, Gabriel hinterher zu gehen. Was er gehört hatte, war sicher nicht leicht verdaulich. Also stand Angelos auf und ging die Treppe nach unten und öffnete vorsichtig die Türe von Gabriels Zimmer.

Zunächst sah Gabriel Angelos nicht. Er lag auf der Seite und starrte zum Fenster. Und er weinte. Angelos´ Herz krampfte.

„Klopf, klopf", sagte er.

„Angelos", sagte Gabriel mit einem leichten Lächeln.

„Du solltest oben bei Khaled sein!"

„Nein. Ich sollte hier sein. Ich entschuldige mich für Khaled. Er meint es nicht so. Es ist nur seine dumme Eifersucht. Die macht ihn blind und gefühllos", sagte Angelos.

„Schon gut. Es ist für uns alle schwierig", antwortete Gabriel.

„Nein. Weder ich noch Khaled haben ein Problem. Du hast eines. Nein, du hast mehrere. Der Rollstuhl. Keine Familie. Kein Job. Aber ich werde dich nicht im Stich lassen. Egal, was seine Königliche Hoheit sagt. Ich liebe dich zwar nicht, aber du bist mein Freund. Obwohl man Freunde auch irgendwie liebt …", sagte Angelos.

„Danke", presste Gabriel hervor. „Ich weiß wirklich nicht …"

„Das brauchst du auch nicht. Nicht heute, nicht morgen. Du bist hier willkommen. Basta!"

„Du setzt deine Ehe aufs Spiel", sagte Gabriel.

„Wenn sie das nicht aushält, dann ist das halt so. Aber mach dir keine zu großen Hoffnungen", scherzte Angelos.

Und Gabriel musste lachen.

„So gefällst du mir schon besser!"

„Davon habe ich immer geträumt", sagte Gabriel.

„Was meinst du?", fragte Angelos.

„Dass du in meinem Bett liegst!"

Angelos lächelte und streichelte Gabriel über den Kopf.

„Die Umstände sind leider alles andere als ein Traum!"

„Ja. Da liegst du nun hier und ich könnte nicht mal, selbst wenn du wolltest …", sagte Gabriel.

„Wie, du könntest nicht? Ich hab ja keine Ahnung, aber ist da unten komplett tote Hose?", fragte Angelos.

„Es geht nichts mehr. Aber schon vor der Schießerei. Es ging nur, wenn … Bring mich bitte nicht in Verlegenheit!"

„Ich habe es begriffen. Dann machen wir jetzt den ultimativen Test!"

Angelos ließ seine Hand unter die Decke gleiten. Gabriel wollte protestieren, tat es aber nicht wirklich.

„Das fühlt sich nicht tot an. Wahrscheinlich habe ich doch magische Hände", sagte Angelos und grinste.

Gabriel lächelte gequält.

Angelos kam näher und flüsterte ihm ins Ohr:

„Keine Sorge. Ich weiß, was ich tue. Es wäre sadistisch, dich so liegen zu lassen!"

Angelos zog die Decke herunter.

„Was machst …?"

Weiter kam Gabriel nicht. Dann ließ er sich fallen und stöhnte auf.

Zehn Minuten später leuchteten Gabriels Augen. Es war richtig und nötig, sagte sich Angelos. Geplant hatte ich es nicht, aber Gabriel brauchte ein Highlight, etwas, das ihn die nächsten Wochen am Leben hält.

„Danke", sagte Gabriel.

„Wieso sagst du das? Du hast mir das Leben gerettet!"

„Leider weiß ich nicht, wie ICH jemals wieder einem anderen Mann einen blasen soll, Im Rollstuhl? Der ist viel zu hoch. Hinknien ist auch nicht mehr. Selbst, wenn du wolltest, ich könnte nicht. Aber ich will nicht meckern. Du bist ein toller Freund, auch wenn meine Liebe einseitig ist. Und ich meine jetzt nicht, dass, was eben passiert ist. Ich meine eher, was du vorhin oben gesagt hast. Das war richtig stark. Du bist ein guter Mensch!"

„Na, ob Khaled wohl dasselbe denkt? Das bezweifle ich", antwortete Angelos.

„Bereust du es?", fragte Gabriel.

„Nein. Aber es war ja auch kein richtiger Sex!", meinte Angelos.

„Ah. Die Bill-Clinton-Version", antwortete Gabriel lachend.

„Nur, dass du erheblich schöner bist als Monica Lewinsky. Wozu nicht viel gehört. Schließlich ist sie eine Frau. Brrrr!"

Sex mit einer Frau? Undenkbar für Kommissar und Bürgermeister Angelos Nikakis. Daher hatte er auch eine tiefsitzende Abneigung gegen feminine Schwule. Sie erinnerten ihn schlicht zu sehr an Frauen. Angelos kam auch prinzipiell mit keiner Frau zurecht. Mit Schaudern erinnerte er sich an das kurze Gastspiel einer Richterin auf Mykonos. Schon am ersten Tag eskalierte ein Gespräch. Die Dame wurde auch umgehend versetzt. Was nicht weiter erstaunlich war, denn manchmal ist es von Vorteil, den Premierminister zu kennen.

„Dass ich schöner bin als eine Frau, ist jetzt kein richtiges Kompliment. Etwa wie: du bist so erotisch wie ein Stück Holz!", sagte Gabriel und zog eine Schnute.

Angelos schaute zu Gabriel.

Er ist ein außergewöhnlich schöner Mann. Schwarze Haare, ein fein geschnittenes, europäisches Gesicht und leuchtend grüne Augen. Gut, der sportliche Körper entsprach dem eines Agenten im aktiven Dienst.

Wobei: er war nicht mehr im Dienst. Geschasst, wiedereingestellt und jetzt ….

29 Jahre alt, ein Bild von einem starken Mann

„Ich fühle mich schuldig", sagte Angelos.

„Wegen gerade eben?", fragte Gabriel

„Das meinte ich nicht. Du hast die Kugel für mich abgefangen", sagte Angelos.

„Das war ein Reflex", antwortete Gabriel.

Garantiert nicht, dachte Angelos. Du wolltest nicht, dass deiner großen Liebe etwas passiert.

„Was ist, Angelos? Du hast wässrige Augen!", fragte Gabriel.

Plötzlich stand Angelos auf, ging um das Bett herum und hievte Gabriel in den Rollstuhl. Dann fuhr er ihn ans Bettende, genau unter das Licht.

„Was hast du vor?", fragte Gabriel verwirrt.

Angelos ging aus dem Gästezimmer hinaus und kam mit einem niedrigen Trittbock zurück. Er hob Gabriel an und setzte ihn auf das kleine Podest.

„Das sieht gut aus", sagte Angelos.

Er fasste Gabriels Kopf mit beiden Händen und kam näher.

Gabriel begann zu stottern.

„D .. das ist z-zwar eine tolle Aussicht. A-aber sei nicht grausam z-zu mir", sagte er.

„Hältst du mich für grausam?", fragte Angelos.

„N-nein", presste Gabriel hervor.

„Also!"

Dann öffnete Angelos Knopf und Reißverschluss seiner Jeans.

In den folgenden zehn Minuten sah Angelos nur Sterne und hörte Glocken.

Grundgütiger, dachte er in einem kurzen, hellen Moment. Er frisst ihn regelrecht.

Als Angelos wieder zu sich kam, hörte er, wie sich Gabriel verschluckte und hustete.

„Das kommt davon, wenn man zu gierig ist", sagte er leise und streichelte Gabriel über den Kopf. „Und sag jetzt ja nicht ‚Danke'!"

Angelos hob Gabriel zurück in den Rollstuhl und dann ins Bett. Gabriel war sichtlich überrascht, nein, geschockt von dem, was in den vergangenen 30 Minuten geschehen war. Aber seine Augen leuchteten.

„Man sieht, deine Lebensgeister sind wieder da", sagte Angelos, selbst erstaunt über die Wirkung der „Therapie".

Er ist mir total verfallen und ich entscheide darüber, ob er einen guten oder schlechten Tag hat. Irgendwie beängstigend.

Hoffentlich bereut er es nicht, dachte hingegen Gabriel.

Männer sind nach dem Höhepunkt komisch, mitunter depressiv.

„Nein, ich bereue es nicht, falls du das denkst", sagte Angelos. Es war das Richtige zur richtigen Zeit! Vor dreißig Minuten ein Häufchen Elend und jetzt siehst du richtig glücklich aus!"

„Ja. Aber ich weiß, es ist nur ein Intermezzo. Aber – auch wenn du es nicht hören willst – ‚Danke'. Ich hätte mir nie träumen lassen …", begann Gabriel.

„Ich auch nicht", ergänzte Angelos lachend.

„Aber …"

„… du verlässt Khaled nicht. Du liebst mich nur als Freund. Und du wolltest mir eine Freude machen", sagte Gabriel.

„Nun, genau genommen waren es zwei Freuden", flachste Angelos.

Gabriel lachte.

„Im Ernst. Es war eine Bauchentscheidung. Und es war kein richtiger Sex. Ich würde Khaled nie betrügen, auch wenn das hier grenzwertig war. Bitte erwarte nicht mehr. Ob es noch einmal passiert: ich weiß es nicht. Setz mich bitte nicht unter Druck. Khaled würdest du es nie erzählen, das weiß ich. Dafür hast du zu viel Charakter", sagte Angelos.

„Und jetzt muss ich gehen. Träum schön!"

Angelos küsste Gabriel auf die Backe und ging. Auf dem Weg zur Türe drehte er sich um und sagte: „Und morgen früh kannst du sagen: es war kein Traum, es ist wirklich passiert. Das Leben geht weiter und hält noch Freuden bereit. Denk daran, wenn du wieder depressiv bist!"

Gabriel nickte. Dann sagte er leise:

„Ich liebe dich!"

Angelos lächelte und antwortete:

„Ich weiß. Wenn du mich wirklich liebst, dann … ok, vergessen ist wohl zu viel verlangt. Aber es muss unser Geheimnis bleiben. Kein Augenzwinkern, keine Anspielungen. Schwörst du das?"

„Was denkst du von mir? Außerdem würdest du mich hassen, würde ich es erzählen und das wäre das Letzte, was ich will. Aber Ich schwöre es, wenn es dich beruhigt!", sagte Gabriel

48

Angelos ging nach oben und machte sich einen Espresso. Als er sich an den Tisch setzte, meldete sich das schlechte Gewissen.

Aber sofort fand er Argumente, das Geschehene zu rechtfertigen.

Gabriel drohte wegzudriften. Ich musste etwas tun, das ihm zeigt, dass das Leben nicht vorbei ist. Und Träume dennoch wahr werden können. Trotz Rollstuhl.

Außerdem hatte ich es nicht vor. Beim Betreten des Raumes hätte ich nicht im Traum daran gedacht, dass das passieren würde, was passiert war.

Es war kein richtiger Sex.

Es geschah nicht aus Geilheit, denn das Gleiche hätte ich zwei Stockwerke höher auch bekommen können.

Und Khaled hatte sich unmöglich benommen. Herzlos.

Und: wer sagt eigentlich, dass ich immer das Richtige tun muss? Ich bin auch nur ein Mensch.

Dann kam die nächste Frage: hätte Khaled genauso gehandelt? Ein Freund ist in ihn verliebt, erleidet einen Schicksalsschlag und braucht dringend ein Highlight.

Ich weiß es nicht, dachte Angelos. Wahrscheinlich nicht.

Aber ich liebe Gabriel nicht. Ich liebe Khaled. Und hoffentlich rutscht es Gabriel nicht heraus.

Nein – dafür liebt er mich zu sehr. Zwei Männer, die mich lieben und das im selben Haus. Das kann nicht gutgehen, aber ich lasse Gabriel nicht im Stich. Basta. Ende der Diskussion.

Angelos stand auf und öffnete seine Hose.

Sein bestes Stück war knallrot. Gabriel hatte ganze Arbeit geleistet, dachte Angelos und grinste.

Dann beging er einen fatalen Fehler.

Geistesabwesend ging er nicht zur Couch, sondern über die Treppen in den Schlafbereich und zog seine Jeans aus.

Dann hörte er Khaleds Stimme und erschrak.

„Es tut mir leid. Ich habe mich total daneben benommen. Ich entschuldige mich morgen auch bei Gabriel. Du hast recht: wir müssen ihn hierbehalten und ihm helfen. Bist du mir noch böse?"

Angelos drehte sich um und sagte: „Nein".

„Oh. Ich sehe, du hast Glückströpfchen. Nichts ist schöner als Versöhnungssex!"

Khaled stieg aus dem Bett und kroch auf Angelos zu.

Oh Gott, dachte Angelos. Er wird es merken. Und er wird es nicht verstehen.

„Warte. Mir ist nach Romantik. Ich hole den Kerzenständer", sagte er und verschwand für wenige Sekunden. Dann löschte er das Licht und zündete die Kerzen an. Dunkel genug, dachte er.

Aber ich werde Schmerzen haben. Selber schuld. Und Angelos litt.

49

Am nächsten Morgen gingen Angelos und Khaled hinunter. Espresso. Dreifach für Angelos. Nicht, weil die Nacht so anstrengend war – das war sie, besonders schmerzhaft – nein, es war das tägliche Ritual, ohne dass Kommissar Angelos Nikakis nicht in die Gänge kam. Über den Rest des Tages kommen noch mindestens acht hinzu. André Silva, Chefarzt der Hygeia-Klinik, Grieche mit portugiesischer Herkunft, meinte einmal:
„Du bist mit vierzig tot, wogegen ich nichts hätte!"
André war in Alex verliebt – und konnte deswegen Angelos nicht leiden. Nach Alex´ Ermordung machte er Angelos Vorwürfe, zu Unrecht.

Als Angelos die letzten Stufen absolvierte, roch er es schon. Pancakes. Seine Lieblingsspeise.
Es war ein bizarres Bild, das sich ihm bot. Gabriel saß in seinem Rollstuhl, hatte sich mindestens ein Dutzend Bücher unter den Hintern geschoben und hantierte mit einer Pfanne herum, bei der er gerade so über den Rand schauen konnte.
„Um Gottes Willen. Lass mich das machen", rief Angelos und nahm Gabriel die Pfanne weg.
„Khaled, würdest du unseren Gast an den Tisch schieben und ihn auf normale Höhe bringen?"
„Klar!"

„Gabriel, bist du des Wahnsinns? Du könntest stürzen oder dich verbrennen! Warum machst du das?", schimpfte Angelos, wusste aber die Antwort.

„Ich wollte euch überraschen", sagte der.

Du wolltest *mich* überraschen, korrigierte Angelos in Gedanken. Er seufzte.

„Khaled, du machst Espresso und ich mache die Pancakes fertig und DU rührst dich nicht vom Fleck", Letzteres galt Gabriel.

„'Nicht vom Fleck rühren' wird wohl zu meinem Hobby", sagte er.

„Stopp. So fangen wir nicht an. Kein Selbstmitleid. Das passt nicht zu dir. Und es bringt dir nichts. Ich verlange von dir nur eines: dass du kämpfst. Und wir werden dir helfen. Aber ein jammerndes Häufchen Elend macht alles kaputt!"

„Angelos, das ist ein bisschen hart. Er hat es doch gut gemeint", sagte Khaled.

Angelos ging zu Gabriel und küsste ihn auf die Stirn.

„Entschuldige. Die Idee war nett, aber dein Gesicht wird nicht schöner mit heißen Pfann-kuchen im Gesicht. Und wenn du jetzt sagst ‚mich schaut eh keiner mehr an', sperre ich dich den Rest des Tages ins Klo!"

„Kapiert", sagte Gabriel.

„Daran musst du dich gewöhnen. In diesem Haus hat nur einer die Hosen an", sagte Khaled.

„Gut, manchmal hat er sie auch unten", fügte er grinsend hinzu. Und Angelos ließ die Pfanne in die

Spüle fallen, so sehr erschrak er ob des kleinen Scherzes.

„Hinsetzen. Essen. Klappe halten", sagte er.

„Zu Befehl", sagten Khaled und Gabriel wie aus einem Mund.

„Brave Jungs! Ich nehme jetzt meine Liege und lege mich neben Alex!"

Angelos Nikakis ist Schlechtschläfer. Seit der Vergewaltigung und erst recht seit Alex´ Tod. Doch innerhalb von Sekunden war er weg.

In seinem Traum war es zunächst dunkel, dann hell.

„Na, mein kleiner Pfirsich?", hörte er.

„ALEX?"

„Sonst jemand, der dich ‚Pfirsich' nennt?"

„Gott sei Dank nicht. Wie geht es dir?"

„Na ja, tot halt!"

„Das ist mir schon klar. Ich meine, was machst du und wo bist du?"

„Frage nicht. Die Gay-Wolke ist belegt, ich musste auf die Hetero-Wolke. Stell dir vor, da gibt es nackte Frauen!"

„IGITT", sagte Angelos.

Kurze Pause.

„Sag mal, was hast du dir heute Nacht gedacht?"

„Du hast es gesehen?", fragte Angelos entsetzt.

„Natürlich. Du warst nicht geil, das konnte ich sehen. Sex ohne Liebe hat dir nie etwas bedeutet. Es ging dir um etwas anderes. Die Liebe kann einen Menschen am Leben halten. Du möchtest Gabriel auf diesem Level halten, bis er selbst wieder mental auf die Beine kommt. Deine

Methoden sind wie immer unorthodox. Es war eine gute Tat. Du hast ihm das Leben gerettet!"

„Ich? Das wäre übertrieben", sagte Angelos.

„Doch. Im wahrsten Sinne des Wortes. Er hat in der Klinik ein Skalpell eingesteckt und er hat unten im Zimmer damit hantiert. Ich wollte ‚Nein' schreien, aber mich hört ja niemand, außer dir. Und schon kamst du zur Türe herein! Gott sei Dank! Als du dein Therapieprogramm beendet hattest, wusste Gabriel wahrscheinlich nicht mehr, was ein Skalpell ist", sagte Alex.

„Sein Gesicht hat geleuchtet wie ein Flutlichtmast. Aber du solltest Gabriel sagen, er möge dein bestes Stück nicht so malträtieren!"

„Es war wie Onanieren mit einem Küchenmixer!" Alex lachte. Im Hintergrund hörte man Schreien. „Was ist denn das?"

„Der Arbeitskreis Frauen im Klimakterium. Von denen hat noch nie eine gelacht!"

„Ich vermisse dich", sagte Angelos und begann zu weinen.

„Frag mich mal. Und nein: du bist nicht schuld, dass ich tot bin. Du bist nicht schuld, dass unsere Ehe in die Brüche ging. Das haben wir schon zusammen bewerkstelligt. Es war dennoch die schönste Zeit meines Lebens, mein kleiner Pfirsich!"

„Meine auch. Es tut mir leid, dass ich mich neu verliebt habe!"

„Du hast gelitten. Dich im Hafen Weinen zu sehen, war nicht zu ertragen. Aber du hast dich für mich entschieden. Doch anstatt zu jubeln, habe ich dir Vorwürfe gemacht. Dabei hätte das Gleiche mir passieren können. Mein Gestänker hat dich vertrieben!"

„Aber ich wollte unter allen Umständen, dass du dich mit Khaled verstehst und dass wir uns oft sehen. Weil ich es wollte. Wenigstens das habe ich hingekriegt!"

„Das hast du, mein kleiner Pfirsich."

„Für zwei Mal Pfirsich hättest du früher dreißig Schläge bekommen!"

„Gott, wie ich das vermisse!"

„Gibt´s keinen Bondage-und-Spanking-Club da oben?"

„Nein", knurrte Alex.

„Hättest du mit Gabriel rumgemacht? Richtiger Sex war es ja nicht!"

„Darüber ließe sich trefflich streiten. Vor allem hätte es Khaled fast gemerkt. Die Idee mit dem Kerzenständer war deine Rettung, denn dein bestes Stück war tomatenrot! Und ja, ich hätte das Gleiche getan. Nur hätte ich drei Tage länger gebraucht. Und vielleicht hätte sich Gabriel vorher …" Alex vollendete den Satz nicht.

„Soll ich es Khaled sagen?"

„NEIN. NIEMALS. Er ist zu jung, um es zu verstehen. Aber es sollte etwas Einmaliges bleiben! Sonst brauchst du Ehemann Nummer drei!"

„Danke für deinen Rat. Er fehlt mir. Du fehlst mir."

„Übrigens: wusstest du, dass ich in die Zukunft schauen kann?"

„Bitte nicht", sagte Angelos.

„Dein Stuhl bricht in zehn Sekunden zusammen!"

Angelos rumpelte hoch und tatsächlich krachte das Mittelstück nach unten.

„Na warte!"

„Danke, dass du mich hier begraben hast, das macht alles nur halb so schlimm", sagte Alex.

„Schaust du mir bei jedem Sex zu?"

„Logisch. Ich hab ja keinen mehr", sagte Alex lachend.

„Du hast doch den Überblick da oben. Bin ich immer noch der schönste Bürgermeister Griechenlands?"

„Du bleibst auf alle Fälle MEIN schönster Bürgermeister", sagte Alex.

„Danke", sagte Angelos leise. „Bitte melde dich öfters!"

„Ich bin immer da! Ach ja. Deine Grabinschrift hat mir sehr gefallen. danke!"

„Es ist die Wahrheit!"

„Leider wird wohl Khaled deinen Text bestimmen!"

„Nicht wenn ich in meinem Testament festlege, dass beide eine Zeile schreiben dürfen. Ich darf nur nicht öfters heiraten, sonst wird der Platz knapp!"

Alex lachte.

„Deinen Humor vermisse ich fast noch mehr als den Sex!"

„Was soll denn auf meinem Stein stehen?"

„Er war das Glück meines Lebens!"

Dann war Alex weg.

Gerade als Angelos noch benommen zurück ins Haus kam, fing Levi das Jubeln an.

„Wir haben ihn! Menos! Ein Telefonat mit einem gewissen Livinos!"

Livinos, der nächste Schiffseigner. Stinkreich und im selben Maß arrogant. Und ziemlich dämlich.

„Er hat Menos über das normale Netz angerufen. Verschlüsselt und prepaid, aber, hey, das ist eine unserer Spezialitäten!"

„Spiel´s mir vor", sagte Angelos.

„Bist du wahnsinnig, hier anzurufen?", fragte Menos.

„Ist doch abgesichert", knurrte Livinos. „Spiel dich nicht so auf. Migiakis würde niemals eine Überwachung zulassen. Dafür bekommt er genügend Spendengelder!"

Du arroganter Depp, dachte Menos. Hoffentlich plapp ...- zu spät.

„Der Schuss ging daneben. Schlechtes Jagdwetter. Wir probieren es noch einmal!"

„Ah, du glaubst, deine Pfadtinder-Verschlüsselung lässt Nikakis und Co. rotieren?"

„Der kocht auch nur mit Wasser", knurrte Livinos. „Ich bin gleich da!"

Es ist vorbei, dachte Menos. Er stand auf der Terrasse und fragte sich, ob er die Ägäis jemals wiedersehen würde.

Livinos hatte noch immer nicht begriffen, dass jeder Balken knarzt, auf dem das Haus Patrida stand.

Menos überlegte kurz.

Ich brauche meine Glock und dann rufe ich
Angelos Nikakis an.

50

NGELOS! EIN ANRUF", schrie Levi aufgeregt.
„Was ist daran besonders?", fragte
Angelos.
„Es ist Dimitrios Menos!"

„Nikakis!"
„Kalimera, Herr Bürgermeister. Ich glaube, es ist an
der Zeit, dass wir reden!"
„Sie gestehen?", fragte Nikakis.
„Soweit würde ich nicht gehen. Aber Sie sehen
hinterher klarer. Treffen wir uns bei mir? Kennen Sie
meine Insel?"
„Ich habe einen Ehemann verloren, ein Freund
sitzt im Rollstuhl. Ich möchte ihnen ungern folgen",
sagte Angelos.
„Keine Angst. Ich verspreche Ihnen, dass nichts
geschieht", sagte Menos. „Ehrenwort!"
„Ist das das gleiche Ehrenwort, das sie den Juden
gegeben haben?", ätzte Angelos.
Stille.

„Wie gesagt, es passiert Ihnen nichts. Ich nehme an, Sie haben zwei Begleiter, die bewaffnet sind. Aber das ist in Ordnung!"

Angelos überlegte.

„Gut. Wir kommen mit dem Hubschrauber. Ich hoffe, es steht keine Boden-Luft-Rakete in Ihrem Garten!"

Menos lachte.

„Da steht tatsächlich eine. Aber keine Sorge. Ich bin nicht so dumm, Sie, einen Kronprinzen und einen Israeli umzubringen!"

„Und was war mit dem Botschafter?", fragte Angelos.

„Das geschah gegen meinen Willen!"

„Wir sind in zwei Stunden da", sagte Angelos.

„Ach, Herr Nikakis, bei mir im Wohnzimmer liegt eine Leiche. Ignorieren Sie sie einfach!"

„Wenn es einer Ihrer Reederkollegen ist, gelingt mir das spielend", sagte Angelos.

51

Angelos schaute auf die Leiche auf dem Steinboden.

„Oh, das ist doch Herr Livinos. Das Loch in der Stirn steht ihm hervorragend!"

„Finde ich auch", sagte Menos.

„Nehmen Sie bitte Platz auf der Terrasse. Etwas zu essen?"

„Danke, nein. Dazu bin ich viel zu ungeduldig", sagte Angelos.

„Ich habe eine Bitte: am Ende des Gesprächs möchte ich, dass Sie mir fünf Minuten geben!"

„Sie wollen Herrn Livinos folgen?", fragte Angelos.

„Der letzte Wunsch eines alten Mannes, der reinen Tisch macht. Und Ihnen Papierkram erspart!"

„Unter der Bedingung, dass Sie ALLES auf den Tisch legen. Tote antworten so selten", sagte Angelos.

„Gut. Aber Sie wissen schon, wann alles begann!"

„Ich denke im Krieg. Spätestens im März 43", antwortete Angelos.

„Früher. Es begann mit dem Einmarsch der Deutschen. Wie überall sahen viele die Möglichkeit zu profitieren. Vor allem von der Judengeschichte!"

Judengeschichte. Das war wohl die Untertreibung des Jahrhunderts.

„Die Geschäftsleute in Saloniki wollten mit den Deutschen einen Deal machen. Sie hatten Listen aller Juden und deren Vermögenswerte. Zwei der Mitglieder waren Banker und einer bei der staatlichen Versicherung!"

„Mitglieder von was?", fragte Angelos.

„Patrida – Vaterland. Wir sahen uns als Patrioten!"

„Meines Wissens waren auch die Juden in Saloniki Griechen – und damit Patrioten", knurrte Angelos.

„Äh, ja, ich sehe das Ganze heute anders. Sonst säßen Sie nicht hier!"

„Eigentlich läge ich jetzt schon im Sarg!"

„Ich war lange Zeit dagegen", sagte Menos.

„Wie edel!"

„Da die Deutschen genug Probleme hatten, boten wir an, ihnen die Arbeit abzunehmen. Zwei von uns fuhren nach Athen, um zu verhandeln. Es ging nicht um persönliche Bereicherung, sondern die Gemälde sollten in Griechenland bleiben. Zumindest ein Teil davon!"

Immer wieder schön, wie sich die Menschen in die eigene Tasche lügen im Namen eines vermeintlichen Patriotismus, dachte Angelos.

„Der Deal lautete: Die Listen gegen die Zusicherung, dass die Hälfte der Gemälde hierbleibt. Sie gingen darauf ein – sie hatten viel zu wenig Soldaten hier. Die Deutschen waren ja nicht freiwillig in Griechenland, sondern nur wegen Mussolinis Versagen! Die Historiker wundern sich heute noch, wie es den Deutschen gelang, 20.000 Juden in wenigen Tagen wegzuschaffen. Es war unser Werk!"

Menos holte Luft.

„Die Gemälde wurden aufgeteilt. Und da viele Mitglieder reich geworden waren, wurden sie mächtig im Nachkriegs-Griechenland. Der Kreis besprach politische Probleme!"

Angelos lachte.

„Nein. Sie entschieden! Wahrscheinlich haben wir Ihnen auch die Diktatur zu verdanken. Diktaturen sind immer gut fürs Portemonnaie!"

Aber Menos reagierte nicht.

„Dann kam der menschliche Faktor ins Spiel!"

„Karapatis´ Tochter", stellte Angelos fest.

Menos nickte.

„Er hat unter der Trennung gelitten. Und er wusste, dass es ohne Zurückgabe nicht möglich sein würde!"

„Dann wären aber alle aufgeflogen, nicht wahr?", stellte Angelos mehr fest, als dass er fragte.

Menos nickte.

„Als wir erfuhren, dass er sich mit dem Botschafter treffen wollte, mussten wir handeln. Wir wussten allerdings nicht, was Dayan schon wusste – also mussten beide sterben!"

„Zwei Tote und mein Freund im Rollstuhl", sagte Angelos wütend. „Von den toten Juden ganz zu schweigen. Aber Sie handelten natürlich zum Wohl der Nation", spottete Angelos.

„Das verstehen Sie nicht. Sie sind ein Linker", sagte Menos.

„Ich bin gar nichts. Wenn, dann Humanist! Khaled, gib mir doch bitte das Bild!"

Menos schaute irritiert.

Angelos zeigte ihm das Bild.

Und Menos stöhnte auf.

Es war die ‚Venus von Milo'.

„Der Teil fehlt uns noch", sagte Angelos. „Ich warte …!"

„Wir waren Patrioten. Alle griechischen Kunst-werke standen oder stehen in Museen in London oder Paris. Sie wurden uns gestohlen", sagte Menos.

Da hatte er einen Punkt.

„Wir haben den Deutschen eine Menge Gold geboten. Gold, das sie 1943 dringend brauchten. Zumindest die Skulpturen aus Frankreich wollten wir zurückhaben. Da sich die Nazis nur für Gemälde interessierten, waren ihnen die antiken Statuen egal. Sie hatten ihren eigenen Stil entwickelt!"

„Langsam. Die Deutschen haben die ‚Venus' nach Griechenland geschickt??", fragte Angelos.

„Im Gegenzug haben wir versprochen, keine Partisanen zu unterstützen!"

Etwas leiser fügte er hinzu:

„Oder sie zu verraten!"

Angelos wurde schwindlig. Die Partisanen waren die wahren Patrioten.

„Was zum Teufel steht dann im Louvre?"

„Eine Kopie, die im Nationalmuseum in Athen stand! Gleicher Steinbruch. Und bei Skulpturen gibt es aufgrund des Alters keine Provenienz. Zumindest nicht bei antiken!"

„Aber das Ding steht in einem Keller", sagte Angelos.

„Frankreich hätte sie zurückgefordert", entgegnete Menos. „In fünfzig oder hundert Jahren ist vielleicht der Zeitpunkt da, dass alle Griechen sie sehen können!"

„Aber genau das passiert jetzt: sie wird zurückgegeben", sagte Angelos.

„Jeder sagt, Sie scheren sich nicht um Gesetze, wenn sie ungerecht sind. Sie geben die Gemälde den Juden zurück, da sie geraubt wurden! Nun, die ‚Venus' wurde auch geraubt!"

Da hatte Menos einen Punkt.
 Aber ich werde es mit Migiakis besprechen müssen. Denn: Anna wird das Haus verkaufen. Und dann fliegt alles auf.

52

Antonis Migiakis hörte volle fünfzehn Minuten zu, ohne auch nur einen Ton zu sagen.
„Bist du noch da?", fragte Angelos.
„Ja. Aber .. aber das klingt so absurd!"
„Möchtest du, dass ich dir das Gespräch vorspiele?", fragte Angelos.
„Nein. Ich glaube dir ja. Es klingt nur …!"
„Nach Rechts-Idioten? Da gebe ich dir vollkommen recht!"
„Also bitte. Werfe mich nicht in einen Topf mit Spinnern und Kriminellen", knurrte Migiakis.
„Hab ich nicht. Ich halte dich für relativ anständig – nach den Maßstäben eines Politikers!"
„DU BIST SELBST EINER", sagte Migiakis laut.
„Ich bin ein kleiner Bürgermeister, wenn auch ein ausgesprochen gutaussehender", konterte Angelos.
Migiakis lachte.
„Wäre ich dein Ehemann, würde ich mich erschießen!"

„Wärst du mein Ehemann, würde ICH mich erschießen. Außerdem würdest du mir dauernd an die Wäsche gehen!"

„Bescheiden wie immer!", sagte Migiakis.

„Nein. Realist!"

„Du erheiterst mich. Wäre da nicht die Frage, was wir mit dem Monstrum tun. Wir müssen es nach Frankreich zurückgeben!", stellte Migiakis fest.

„Kommt nicht infrage", sagte Angelos.

„Und was hat der Herr Bürgermeister vor?"

„Das ist doch nicht schwer. Wir stellen das Ding in unserem Heimatmuseum aus. Natürlich als Kopie. Trotzdem werden viele sie sehen wollen. Eintrittsgelder, Merchandising ..."

Migiakis lachte.

„Bleibt noch die Frage, was wir mit den anderen Patrida-Mitgliedern machen. Natürlich flöge alles auf, das ist mir schon klar. Andererseits sind es Mörder. Man kann sie nicht davonkommen lassen", knurrte Angelos.

„Aber wie soll das gehen?"

„Was ist denen das Wichtigste? Ihr Geld! Hetz ihnen die Steuerfahndung auf den Hals. Ich mache einen anonymen Anruf beim EU-Büro in Athen, damit nichts versickert. Ich will dich nicht in Versuchung führen!"

„Du bist ein durchtriebener Gauner!"

„Aber ein gutaussehender!"

53

Gib es zu. Du bist sauer. Ich kann nicht so herzlos sein und Gabriel wegschicken. Auch du müsstest ihm dankbar sein. Die Kugel galt mir. Sie hätte auch dich treffen können!"

„Ich bin nicht richtig sauer. Ich hatte mir nur gewünscht, ein normales Leben zu führen. Mit dir. Natürlich ist das, was du machst, richtig. Aber ich weiß noch nicht, wohin es führt", sagte Khaled. „Es hat doch mit unserer Ehe zu tun. Ich liebe Gabriel nicht, ich liebe dich. Ich verspreche dir, wenn Gabriel wieder besser beisammen ist, dass wir eine Lösung außerhalb des Hauses finden. Aber er ist auch dein Freund!"

„Natürlich. Ich habe nur Sorge, dass …ich deinen Ansprüchen nicht genüge!"

„Was? Ich habe es noch keine Sekunde bereut", sagte Angelos. „Ich war es, der Sorge hatte, weil deine Gefühle so stark waren, dass man dem nicht gerecht werden kann. Ich weiß, dass ich herrisch sein kann. Und dann sag es mir sofort. Nur so kann ich es ändern. Was ich nicht ertrage ist ein rotes Gesicht, aus dem aber nichts zu hören ist. Einfach SAGEN, wenn etwas ist!"

Khaled lächelte.

„Wie käme ich dazu, etwas zu bereuen. Ich habe nichts aufgegeben, was von Relevanz war. Du hast Opfer gebracht. Alex war ein guter Mensch, aber – wie er selbst sagte – er hat es verbockt!"

„Wir haben es verbockt. Und jetzt ist er tot!"
„Du kannst nichts dafür. Ich habe dich noch nie so schnell fahren sehen wie an dem Tag. Du hast dein Leben riskiert", sagte Khaled.
„Und meines", fügte er grinsend hinzu.
„Ja. Entschuldige", sagte Angelos.
„Wie wäre es mit ein bisschen Sex? Der kam wahrlich zu kurz", meinte Khaled.
„Und bitte heute nicht mit Kerzen. Ich möchte immer alles sehen!"
„Äh, ja, gerne", sagte Angelos.
Unten herum hat sich alles wieder normalisiert.
Gott sei Dank hast du es verstanden, Alex.
Danke! Und jetzt schau weg, dachte Angelos.
Dann hörte er ein leises „Im Leben nicht!"

Paul Katsitis   SISA   Mykonos Crime 18

Paul Katsitis

LIBIDO

Angelos´ Nikakis 18. Fall

Auf einem Kreuzfahrtschiff wird ein 19-jähriger Steward vermisst.

Kommissar Angelos Nikakis nimmt den Fall zunächst nicht ernst. ‚Der Junge macht sich auf Mykonos ein paar schöne Tage', denkt er. Und es gibt keine Leiche.

Doch er täuscht sich. Eines Abends besucht ihn der Premierminister, Antonis Migiakis, der mit Angelos befreundet ist und gesteht, dass der junge Pavlos sein heimlicher Liebhaber war.

Kurz darauf melden sich die Entführer – und die Forderungen haben es in sich. Angelos muss den Jungen finden, sonst ist Migiakis politisch erledigt.

Und zur Lösung des Falls braucht er die Hilfe eines altbekannten Drogenbarons: Abu Bakar.

ERSCHEINT AM 29. Mai 2020!

Paul Katsitis – Botschafter 17

Kommissar Angelos Nikakis und sein Partner Khaled retten ein Kind vor dem Ertrinken. Es ist zufällig der Sohn des israelischen Botschafters. Aus Dankbarkeit wird der Botschafter der Trauzeuge von Angelos und Khaled. Einen Tag später zerreißt eine Bombe dessen Wagen. Was zunächst nach einem Terrorakt aussieht, entpuppt sich als ein Geflecht aus Kunstdiebstahl, Verschwörung und Mord. Und Kommissar Nikakis muss tief in der Vergangenheit wühlen.

Paul Katsitis – Spione 16

Ein russischer Überläufer soll über Mykonos in den Westen geschleust werden. Auf der Kykladen-Insel soll er sich in einer der zahlreichen Schönheits-kliniken eine gesichtsveränderte Operation unterziehen. Kommissar Angelos Nikakis soll den Agenten während des Aufenthaltes schützen. Kein größeres Problem, denkt er. Bis plötzlich drei Geheimdienste auf der Insel am Werke sind. Und sich letztlich Angelos´ Leben für immer verändert.

Paul Katsitis – Khaled 15

Eine Explosion auf Delos töten einen Archäologen. Das erste Rätsel für Kommissar und Bürgermeister Angelos Nikakis. Das zweite Rätsel hingegen – wen er denn nun liebt – löst sich: er trennt sich von Alex und zieht zu Kronprinz Khaled. Doch zwei Tage später wird dieser von einem Attentäter niedergeschossen

Paul Katsitis – Trauma 14

Chefermittler und Bürgermeister Angelos Nikakis glaubt es zunächst nicht: auf der trockenen Insel Mykonos soll ein Golfplatz errichtet werden. Als Nikakis den Investor trifft, glaubt er ihn zu kennen. Bevor er sich erinnert, ereignen sich zwei Morde. Angelos´ Ehemann Alex findet währenddessen heraus, woher Angelos den Investor kennt.
Bald geschieht ein dritter Mord. Und der Täter ist Alex.

Paul Katsitis – Royals 13

Zehn Seemeilen entfernt von Mykonos wird ein großes Gasfeld entdeckt. Bürgermeister

und Kommissar Angelos Nikakis greift zu allen (auch illegalen) Tricks, um Bohrtürme in der Ägäis zu verhindern.
Als dann eine Prinzessin des Emirats Katar während eines Besuchs auf Mykonos entführt wird, scheint es zunächst nicht so, als würde ein Zusammenhang bestehen. Wenige Tage später ist die Prinzessin tot – und Angelos Nikakis sitzt im Gefängnis.

Paul Katsitis – Der Putsch 12

1967 putscht in Griechenland das Militär. Hellas und auch Mykonos ächzen unter der Diktatur. 52 Jahre später gibt es wieder einen Regierungswechsel in Athen. Doch die Ereignisse von damals werfen ihre späten Schatten.
Ein Flugzeugabsturz und Kommissar Angelos Nikakis sorgen dafür, dass es zu einem politischen Erdbeben kommt.

Paul Katsitis – Glut 11

Der Alptraum aller Chora-Bewohner wird wahr. Ein Großbrand wütet in den engen Gassen der Stadt. Eine knifflige Aufgabe nicht nur für die Feuerwehr, sondern auch für Kommissar und Bürgermeister Angelos Nikakis. Denn in einem Haus findet man eine Leiche. Ein Brandopfer, denken viele. Doch sie wurde erschossen. Drei weitere Morde und der Wiederaufbau lassen Angelos kaum Zeit Luft zu holen.

Paul Katsitis – Abseits 10

Im Stadion von Mykonos wird die Leiche eines Mannes gefunden. Da der Mann Fan von Olympiakos Piräus war, geraten alle Anhänger des Konkurrenzvereins Panathinaikos Athen in Verdacht. Die Indizien lassen zunächst keine andere These zu und der Hass zwischen beiden Lagern ist tatsächlich so groß, dass auch ein Mord im Bereich des Möglichen liegt.
Doch als Kommissar Angelos Nikakis in die Welt der Spielerscouts eintaucht, stellt er fest, dass es um ganz andere Dinge ging: um Menschen-handel, Pädophilie und natürlich eine Menge Geld!

Paul Katsitis – Sturm über Mykonos 9

Paul Katsitis – Die Maske 8

Nach einem Banküberfall erschießt Alex einen der Räuber auf der Flucht. Da er ihn ohne

Vorwarnung in den Rücken geschossen hat, steht er bald unter Anklage.

Im Schatten des Prozesses gelingt es einem neuen, besonders brutalen Drogenhändler, genannt „Máská",

sein Netzwerk auszubauen. Und er zögert auch nicht, als sich ihm die Gelegenheit bietet, Kommissar a.D. Angelos Nikakis aus dem Weg zu räumen.

Paul Katsitis – Hass 7

Es ist ein besonderer Fall für die beiden Ermittler Alex und Angelos Nikakis. Die Leiche eines jungen Mannes wird in den Dünen gefunden. Am und im Körper des Toten findet sich die DNA von Angelos. Er wird verhaftet.

Paul Katsitis – Skalpell 6

Am Strand von Ornos wird eine Frauenleiche gefunden. Es ist die Tochter des Bürgermeisters. Der Leiche fehlen Nieren und Leber.

Doch es geht bei der Mordserie nicht nur um Organe, wie die beiden Ermittler Alexandros und Angelos Nikakis bald feststellen. Es existiert ein komplexes Netzwerk, das verschiedene kriminelle Felder abdeckt, und so mancher Inselbewohner ist darin verstrickt.

Paul Katsitis – Inzest 5

Ein Bräutigam, der sich am Tag der Hochzeit vom Balkon stürzt und eine Mädchenleiche in einer Wagenpresse. Zwei Fälle für die beiden Ex-Kommissare Alex und Angelos Nikakis Zwei Fälle, die sich nach und nach aufeinander zu bewegen.

Paul Katsitis – Der-Drei-Sterne-Mord 4

Im besten Restaurant der Insel wird der Chefkoch, ehemals Leibkoch Gaddafis, mit durchschnittener Kehle aufgefunden. Ein schwieriger Fall für Alex und Angelos, zumal die eigene Familie mit beteiligt ist. Der Fall erfährt eine erstaunliche Wendung, als die beiden Ermittler erfahren, dass der britische Außenminister Mykonos besucht – auf dem Landsitz des griechischen Premierministers.

Paul Katsitis – Tattoo 3

Zwei Highlights stehen auf dem Programm des Wochenendes: ein hochdotiertes Beachvolleyball-Turnier und die Eröffnung der ersten Spielbank auf der Insel.
Nicht ins Programm passen zwei Tote: ein 19-jähriger Junge und einer der Beachvolley-ballspieler. An dessen „natürlichem Tod" haben die Ermittler Alex und Angelos so ihre Zweifel.

Paul Katsitis – Rache 2

Im Kloster Ano Mera auf Mykonos wird ein Priester tot aufgefunden, dessen Leiche übel zugerichtet ist. Es sieht nach einem Rachemord aus – doch wofür?

Paul Katsitis – Die Bestie von Mykonos 1

Zwei Kriminalbeamte, Alexandros und Angelos, quittieren den Dienst und eröffnen gemeinsam auf Mykonos eine Bar. Nebenher betreiben sie eine kleine Privat-Detektei. Da die Polizei chronisch unterbesetzt ist, werden Alex und Angelos – wegen ihrer Erfahrung - regelmäßig hinzugezogen.
Mykonos ist in Aufruhr. Offensichtlich foltert, vergewaltigt und tötet ein Mann junge Touristen. Um ihn zu stellen, bleibt nichts anderes übrig, als dass Angelos den Lockvogel spielt – mit furchtbaren Konsequenzen ...

MYKONOS LOVE STORY
Von Michael Markaris

„Die Mykonos Love Story 1-11" von Michael Markaris.
Kommissar Pandis hat mit 53 sein Coming-Out und verliebt sich in den 29-jährigen Angelos.

Bisher erschienen:
Mykonos Love Story 1
Mykonos Love Story 2 – Das goldene Ei
Mykonos Love Story 3 – Morgenröte über Mykonos
Mykonos Love Story 4 - Mykonos Speed
Mykonos Love Story 5 – Rape-Vergewaltigung
Mykonos Love Story 6 – Der rosa Leopard
Mykonos Love Story 7 – Rückkehr der Leoparden
Mykonos Love Story 8 – Crash!
Mykonos Love Story 9 – Der tote Pelikan
Mykonos Love Story 10 – Photia-Feuer
Mykonos Love Story 11 – Der tote Archäologe